岩 波 文 庫

31-065-4

久保田万太郎俳句集

恩田侑布子編

岩 波 書 店

目　次

散　文

俳句

草の丈

浅草のころ（明治四十二年―大正十二年）

新參（しんざん）の身にあか〱と灯りけり　一

花曇世帯道具を買ひありく　二

ふりしきる雨はかなむや櫻餅　三

ゆく春や屋根のうしろのはねつるべ　四

島崎先生の「生ひ立ちの記」を讀みて

神田川祭（まつり）の中をながれけり　五

ふりしきる雨となりにけり螢籠　六

女いふ——吉原にて……

三味線をはなせば眠しほとゝぎす　七

夏足袋やいのち拾ひしたいこもち　八

もち古りし夫婦の箸や冷奴　九

浅草千束町のおもひでを語る

蓮咲くや桶屋の路地の行きどまり　一〇

秋近き底ぬけぶりとなりにけり　一一

とりとめしいのちつゆけきおもひかな　一二

灰ふかく立てし火箸の夜長かな　一三

上州磯部にて
温泉(ゆ)の町の磧(かはら)に盡(つ)くる夜寒かな　一四

夜學子(やがくし)や鏡花小史(きやうくわせうし)をよみおぼえ　一五

奉公にゆく誰彼や海贏(ばい)廻し　一六

海贏の子の廓(くるわ)ともりてわかれけり　一七

ぬれそめてあかるき屋根や夕時雨　一八

鎌倉香風園

短日やすでに灯りし園の中　一九

鮫洲川崎屋にて

まのあたりみちくる汐の寒さかな　二〇

旅中

桑畑へ不二の尾きゆる寒さかな　二一

病中、人の訃に接す

粥啜るよみぢの寒さおもひつゝ　二二

向島

水鳥や夕日きえゆく風の中　二三

淺草の塔がみえねば枯野かな　二四

年の暮形見に帶をもらひけり　二五

闇の梅ばけものがるたはやりけり　二六

凧の絲まきつゝはゝをおもふめる　二七

竹馬やいろはにほへとちり〴〵に　二八

大正十二年九月、浅草にて震災にあひたるあと、本郷駒込の縷紅亭に立退き、半月あまりをすごす。諸事、夢のごとく去る。

秋風や水に落ちたる空のいろ

日暮里のころ（大正十二年十一月—昭和九年）

I

大正十二年十一月、日暮里渡邊町に住む。親子三人、水入らずにて、はじめてもちたる世帯なり。

味すぐるなまり豆腐や秋の風　三〇

二階八疊と六疊、階下八疊と六疊と四疊半、外に臺所に所屬せる三疊、これがいまゐる渡邊町の家の間取である。このなかでわたくしの最も好きなのは階下の四疊半である。奥まつた感じをもつてゐるからである。すなはちこの部屋をえらんで茶の間に宛つ。

ひぐらしに燈火（ともしび）はやき一ト間かな　三一

硝子戸に風ふきつくる蜻蛉（とんぼ）かな　二二

墓原のまばゆく晴れし蜻蛉かな　二三

吉原のある日つゆけき蜻蛉かな　二四

長男耕一、明けて四つなり

さびしさは木をつむあそびつもる雪　二五

春の夜のぬかぼしこぞるくもりかな　二六

音立てゝ雨ふりいづる春夜かな　三七

渡邊町といふところ

したゝかに水をうちたる夕ざくら　三八

金魚の荷嵐の中に下ろしけり　三九

親と子の宿世（すくせ）かなしき蚊遣（かやり）かな　四〇

Ⅱ

大正十五年六月、日暮里諏訪神社まへにうつる。この家、崖の上にて、庭廣く見晴しきはめてよし。

いたづらに大(おほ)沓(くつ)脱(ぬぎ)や秋の暮　四一

木がくれになりし遠さや盆の月　四二

八月二十六日は諏訪神社の祭禮なり

かまくらをいまうちこむや秋の蟬　四三

まつりのあとのさびしさは(三句)

新涼の身にそふ灯(ほ)影(かげ)ありにけり　四四

朝顔にまつりの注連（しめ）の殘りけり　四五

糠雨のいつまでふるや秋の蟬　四六

鷄頭に秋の日のいろきまりけり　四七

寒の雨芝生のなかにたまりけり　四八

青ぞらのいつみえそめし梅見かな　四九

春雪のふりしきる際（きは）ありにけり　五〇

春の雪芝生を白くしたりけり　五一

長火鉢抽斗（ひきだし）かたく春の雪　五二

ゆく春やをり〳〵たかき沖津波　五三

神田連雀町藪蕎麦にて病後の花柳章太郎とありて

らんぎりのうてる間まつや若楓　五四

校長のかはるうはさや桐の花　五五

かず〱の亡き人おもふ蚊遣かな　五六

夏の蝶高みより影おとしくる　五七

つゞきものの書きはじめたる青簾　五八

夏の月いま上(あが)りたるばかりかな　五九

あげきりし汐の情(こゝろ)や日のさかり　六〇

昭和二年七月二十四日

芥川龍之介佛大暑かな　六一

待てど來ぬ人をうらみず夜の秋　六二

ある人の來りていひけるは

苦の娑婆の蟲なきみちてゐたりけり　六三

あきかぜのふきぬけゆくや人の中　六四

しらぎくの夕影ふくみそめしかな　六五

帝大齒科病室にて

藥效(き)いてきてゐる鵙(もず)の高音かな　六六

わが戀よ

寒き灯のすでにゆくてにともりたる　六七

拭きこみし柱の艶(つや)や年忘(としわすれ)　六八

双六の賽(さい)に雪の氣(け)かよひけり　六九

24

ふりいでし雪の中なる松飾

芝のころ（その一）（昭和九年六月―十七年）

I

春麻布永坂布屋（ぬのや）太兵衛かな　七一

冬にまたもどりし風よ白魚（しらを）鍋（なべ）　七二

春の夜のすこしもつれし話かな　七三

さる方にさるる人すめるおぼろかな　七四

花の山ゆめみてふかきねぶりかな　七五

花人のおかる勘平をどるかな　七六

花人のしやッくりとまりかねしかな　七七

夕蛙かんざしできて來りけり　七八

菖蒲見の風いと強き日なりけり　七九

大淀（おほよど）とありてあやめの濃紫（こむらさき）　八〇

青梅をふるさとびとよ打落し　八一

すでにつんでゐる將棋なり雲の峰　八二

おもひでの町のだんだら日除（ひよけ）かな　八三

生(な)さぬ仲の親子涼みてゐたりけり　八四

水中花咲かせしまひし淋しさよ　八五

鎌倉、一ト夏の假住居にて

ながあめのあがりし燈籠流しかな　八六

妻、熱海に病む

芒の穂海の濃(こ)青(あを)をふくみけり　八七

柳戸はる子、幹部に昇進す

草の花ひたすら咲いてみせにけり　八八

箱根

みえてゐて瀧のきこえず秋の暮　八九

戒名をことづかりたる夜寒かな　九〇

買つて來しものに夜寒のさくらもち　九一

熱海にて

瀬の音をきゝつゝ貼りし障子かな　九二

夕時雨野の枯いろの濃かりけり　九三

昭和十年十一月十六日、妻死去

來る花も來る花も菊のみぞれつゝ　九四

妻の初七日、妻の姉より申出あり、受諾

ふッつりと切つたる縁や石蕗（つは）の花　九五

二七日（ふたなぬか）すぐ三七日（みなのか）の青木の實　九六

妻の七七日を目前にひかへて

掃くすべのなき落葉掃きゐたりけり　九七

箱根にていとう句會（二句）

短日や鏡のなかの山の膚　九八

短日の耳に瀬の音のこりけり　九九

久方（ひさかた）の空いろの毛絲編んでをり　一〇〇

一月や日のよくあたる家ばかり　一〇一

Ⅱ

昭和十一年一月、三田小山町にうつる

唐紙（からかみ）のあけたて寒に入りにけり　一〇二

まゆ玉にいよ〳〵雪ときまりけり　一〇三

門松に夕(ゆふ)凍(じみ)いたりそめしかな　一〇四

妻をうしなへる人に

いてどけのなほとけかねてゐるところ　一〇五

春の雪しきりにふりて誰もゐず　一〇六

春水のみちにあふれてゐるところ　一〇七

ぬかるみをよけてあるくや紅椿　一〇八

しら梅かあらずしらたまつばき汝（なれ）　一〇九

四月馬鹿ものおもふことにつみありや　一一〇

くたびれて來てたゝみたる春日傘　一一一

一つづゝ春の灯ともり來りけり　一一二

おもふさまふりてあがりし祭かな　一三

今日（けふ）のこと今日（けふ）すぐわする桐の花　一四

手摺まで闇の來てゐるひとりむし　一五

新劇座同人參集

一つ追ひをれば二つに夜の蠅　一六

蜻蛉生れ水草水になびきけり　一七

この戀よおもひきるべきさくらんぼ　二八

日の落ちしあとのあかるき青田かな　二九

うすものを著(き)て前生(さきしやう)をおもひけり　三〇

昭和十一年七月、ことしわが家は新盆なり（四句）

迎火やをりから絶えし人通り　三一

迎火やあか〳〵ともる家のうち　三二

犬遠く吠えて切子のしづかなり　二三

送火をたきてもどるや膳のまへ　二四

入谷のむかしをおもふ

あさがほをみにしのゝめの人通り　二五

秋の蚊帳まだあかるきにつられけり　二六

箱根仙石原溫泉莊クラブハウスに一泊

新聞の來ること遲し女郎花　二七

昭和十二年十月、友田恭助戰死の報に接す

死ぬものも生きのこるものも秋の風　一二八

田村秋子に示して友田恭助のありし日をおもふ

子煩惱なりしかずぐ野菊咲く　一二九

馳けだして來て子のころぶ秋の暮　一三〇

秋しぐれ塀をぬらしてやみにけり　一三一

いへばたゞそれだけのこと柳散る　一三二

三の酉つぶるゝ雨となりにけり　二三

短日やうすく日あたる一トところ　二四

ひさ〴〵にて小説集を上梓、「枯菊抄」と名づく

枯菊を焚きたる灰のあがりけり　二五

病む（二句）

枯野はも縁の下までつゞきをり　二六

向きかへてふたゝび眠る屏風かな　二七

はんだいの箍（たが）こそみがけ年の暮　一三八

ゆく年のひかりそめたる星仰ぐ　一三九

元日のきびしき凍テとなりにけり　一四〇

Ⅲ

あつまるもの十年二十年のふるき附合のみなり

脇息といふじやまなもの春火桶　一四一

おなつ來ておさだまだ來ず春火桶　一四二

おもひつきたるまゝをしるす

春火桶たがひにうそをつきにけり　一四三

あたゝかに灰をふるへる手もとかな　一四四

時計屋の時計春の夜どれがほんと　一四五

旅中

きえ〴〵に白山みゆる柳かな　一四六

田園調布

來たことのなきみち落花しろき道　一四七

花茣蓙にやまひおもりてゐると知らず　一四八

夕端居一人に堪(た)へてゐたりけり　一四九

雨車軸をながすが如く切子(きりこ)かな　一五〇

向島

大溝(おほどぶ)の名殘こゝにも蓼の花　一五一

鎌倉海濱ホテルにて

波の音をり〳〵ひゞき震災忌　一五二

昭和十四年九月七日午後二時四十分、泉鏡花先生逝去せらる

番町の銀杏の殘暑わすれめや　一五三

鏡花先生逝去の報一トたびつたはるや、弔問の客引きも切らず、その中に老妓あり「仲之町にて紅葉祭の事」以來のおなつなり

しらつゆのむれておなつも泣きにけり　一五四

鏡花先生お通夜の末席にありて

露の夜の空のしらみて來りけり　一五五

九月十日、鏡花先生告別式、朝來驟雨しば〳〵いたる

萩にふり芒にそゝぐ雨とこそ　一五六

悼鏡花先生

あるじなき月の二階を仰ぎけり　一五七

鏡花先生初七日

露寒のあさがほのまだ咲きつゞけ　一五八

谿（たに）浅く露のみちゆく足音（あのと）あり　一五九

草の葉も露もおどろきやすきかな　一六〇

月かくす術（すべ）なき屋根となりにけり　一六一

昭和十五年十月十七日、小村雪岱畫伯逝去

あきかぜの疾(と)渡(わた)る空を仰ぎけり 一六二

塀について塀をまがれば秋の風 一六三

柳散り蕎麥屋の代のかはりけり 一六四

新海苔の艶(つや)はなやげる封を切る 一六五

短日やされどあかるき水の上 一六六

冬の灯のいきなりつきしあかるさよ　一六七

小石川後樂園にて

かはせみのひらめけるとき冬木かな　一六八

吉原、青沙庵にて

さゝなきやついぢのたくむ一トざしき　一六九

淺草

おでんやにすしやのあるじ醉ひ呆け　一七〇

熱燗にうそもかくしもなしといふ　一七一

狐火をみて東京にかへりけり　一七二

クリスマス眞つ暗な坂あがりしが　一七三

墓ぬらす雨のふるなり年の暮　一七四

ゆふやみのわきくる羽子をつきつゞけ　一七五

彈(ひき)初(ぞめ)にことし缺(か)けたる一人かな　一七六

春著（はるぎ）きて人めなければ泣きしとふ　一七七

繭玉や人のこゝろのうつくしく　一七八

寒詣（かんまうで）かたまりてゆくあはれなり　一七九

寒の月しきりに雲をくゞりけり　一八〇

寒燈といひたけれどもやゝ艶に　一八一

昭和十五年一月、秋田よりの帰るさ、温海といへるところに一泊

海も雪にまみるゝ波をあぐるかな　一八二

雪ぞらのほのかに赤きところかな　一八三

芝のころ（その二）（昭和十七年三月―二十年十月）

I

井の頭公園附近（二句）

あしはらの中ながるゝや春の水　一八四

浅茅生（あさぢふ）の一トもとざくら咲きにけり　一八五

ハルピン、キタイスカヤ、イベリヤといへるロシア料理店にて（二句）

ゆく春や鼻の大きなロシア人　一八六

パンにバタたつぷりつけて春惜む　一八七

ハルピン滞在(二句)

楡芽ぶき薄暑の雲のはやうかび　一八八

この街のたそがれながき薄暑かな　一八九

水を打つみちの夕日のいま眞面(まとも)　一九〇

京橋木挽町のさる方にて

舟蟲の疊をはしる野分かな　一九一

大仁ホテルに滞在、戯曲「波しぶき」を執筆（二句）

十五夜の草くるぼしを没しけり　一九二

名月のたか〴〵ふけてしまひけり　一九三

鶯谷志保原

水の音くらきにきこえ十三夜　一九四

大仁

ゆく秋の不二に雲なき日なりけり　一九五

水戸街道にふるき茶屋旅籠にて

燗ぬるくあるひはあつくしぐれかな　一九六

芝公園

道かへていよ〳〵ふかき落葉かな 一九七

一句二句三句四句五句枯野の句 一九八

三の酉しばらく風の落ちにけり 一九九

飲めるだけのめたるころのおでんかな 二〇〇

しらぎくのたしかに枯れてしまひけり 二〇一

蓮いけにはすの痕(あと)なき師走かな　二〇二

Ⅱ

あたゝかきドアの出入となりにけり　二〇三

むかし住みたるあたりをすぐ

ありし夜のごとく灯れるおぼろかな　二〇四

枝のびて火影にこたへおぼろかな　二〇五

ながれのきしのひともとは
みそらのいろのみづあさぎ
なみ、ことごとく、くちづけし
はた、ことごとく、わすれゆく
——アレン

花すぎの風のつのるにまかせけり　二〇六

ゆく春の耳搔き耳になじみけり　二〇七

「團十郎三代」の序にそへて

みじか夜やおもはぬ方にうらばしご　二〇八

永井東門居に示す

草笛をふいて神田の生れかな　二〇九

夏の夜や水からくりのいつとまり　二〇

日ざかりの抽斗（ひきだし）あけることのなき　二一

釣しのぶたしかにどこかふつてゐる　二二

うすもののみえすく嘘をつきにけり　二三

はせ川句會にて

いやなことつもりにつもる髪洗ふ　二四

夕焼も海の匂も消えしとき　二五

迎火をみてゐる犬のおとなしき　二六

秋立つやてぬぐひかけの手拭に　二七

輕井澤にて

秋立つとしきりに栗鼠（りす）のわたりけり　二八

ひさ〲にて河童忌に出席

ひぐらしに十七年の月日かな　二九

人にこたふ

枝折戸のつゆけさしめて置きにけり　二三〇

柳橋

秋の暮汐にぎやかにあぐるなり　二三一

根津

大學のなかぬけて來て秋まつり　二三二

昭和十八年十月、友田恭助七回忌

あきくさをごつたにつかね供へけり　二三三

子規にまなび蕪村にまなび桃青忌　二三四

われとわが吐息のつらき火桶かな　三五

京蘇料理濱の家廢業

一ト時代八つ手の花に了りけり　三六

築地八百善にて

短日やどこにきこゆる水の音　三七

昭和十八年十二月渡支——上海キャセイホテルにて（三句）

水仙やホテル住ひに隣なく　三八

悴みてさらにその日のおもひだせず　三九

みたくなき夢ばかりみる湯婆（たんぽ）かな　二三〇

上海所見（二句）

焼けあとのまだそのまゝの師走かな　二三一

百姓の大きな聲やみぞれふる　二三二

キャセイホテルにて昭和十九年を迎ふ

初（はつ）鶏（とり）や上海ねむる闇の底　二三三

あす七草といふ日、南京に立つ

われとわがこゝろに松を納めけり　二三四

南京首都飯店にて

南京の月枯園にたかきかな　二三五

中山陵にて

警衛士凍てたる蝶のうごきけり　二三六

南京所見（三句）

ゆきぞらの下にて瑠璃のいらか華奢　二三七

ぶしつけに石人石馬寒きかな　二三八

かさゝぎ飛び雉子たち凍つる日なりけり　二三九

Ⅲ

寂しさは

雲一つなくてまばゆき雪解(ゆきげ)かな　二四〇

三月四日、非常措置令出づ。たま〳〵田中青沙と山口巴にて小酌

ぜいたくは今夜かぎりの春炬燵　二四一

龜鳴くや杜ラムプの照返し　二四二

もと濱の家主人、富山榮太郎君、市川の隱棲にて逝く

葛飾の春ゆくことの迅きかな　二四三

悼

月かげをやどさぬ蚊帳となりにけり　二四四

銀座

ぬけうらを抜けうらをゆく日傘かな　二四五

耕一應召

親一人子一人螢光りけり　二四六

草市の買ひものつゝみあまりけり　二四七

人にこたふ

秋扇たしかに帯にもどしけり　二四八

毎日、五時起きにて「樹蔭」一回づゝ執筆

あさがほやはやくもひゞく哨戒機　二四九

ゆめにみし人のおとろへ芙蓉咲く　二五〇

露の道また二タまたにわかれけり　二五一

八月四日夜、大仁ホテル、志賀直哉氏あり、中川一政畫伯あり、安藤鶴夫君あり

つゝぬけにきこゆる聲や月の下　二五二

いとう句會にて(二句)

西鶴忌うき世の月のひかりかな　二五三

鬼灯（ほゝづき）や野山をわかつかくれざと　二五四

朝寒やはるかに崖の下の波　二五五

風呂敷の結びめかたき夜寒かな　二五六

秋の雨こゝろもそらにふりにけり　二五七

昭和十九年十一月一日以降、空襲しきりなり

國をあげてたゝかふ冬に入りにけり　二五八

柊の花や空襲警報下 二五九

しみ〴〵と日のさしぬける冬菜かな 二六〇

銀供出令出づ

かんざしの目方はかるや年の暮 二六一

空襲下、昭和二十年來る

鬼の來ぬ間の羽子の音きこえけり 二六二

一月二日、伊藤道郎、熹朔兩君と、逗子に吉村太一を訪ふ

金色の一トすぢはしる破魔矢かな 二六三

寒燈にすぎゆく〝時〟の足音（あのと）とや　二六四

夜半、人定まれば

凍てにけり障子の桟の一つづゝ　二六五

うちてしやまむうちてしやまむ心凍つ　二六六

日脚のぶ去りゆく日々にかゝはらず　二六七

大仁

目のまへの山の雪はも土筆つむ　二六八

落椿足のふみどのなかりけり　二六九

Ⅳ

三月十日の空襲の夜、この世を去りたるおあいさんのありし日のおもかげをしのぶ

花曇かるく一ぜん食べにけり　二七〇

五月二十四日早暁、空襲、わが家焼亡

みじか夜の劫火の末にあけにけり　二七一

中野の立退(たちのき)先にて

芍薬のはなびらおつるもろさかな　二七二

七月十三日、おあいさんの新盆、高圓寺にのぶ子を訪ふ

秋くさを下げしわが手にさす日かな　二七三

逗子太一居

縁さきのたゞちに南瓜（かぼちゃ）畠（ばたけ）かな　二七四

旅中（三句）

日ざかりや火どりてくれしにぎりめし　二七五

トラックにのり貨車にのり日の盛　二七六

炎天の底濁るかにくもりけり　二七七

終戦

何もかもあつけらかんと西日中　二七八

八月二十日、燈火管制解除

涼しき灯すゞしけれども哀しき灯　二七九

ひぐらしにしばらく雨のふりいそぎ　二八〇

十三夜はやくも枯るゝ草のあり　二八一

「草の丈」時代 拾遺

根岸

年立つや音なし川は闇の中　二八二

年々に古りゆく戀や歌かるた　二八三

大空や松過ぎの星凍てつくし　二八四

きさらぎの橋脚たかきところかな 二八五

玉川をみにゆくことも春うれひ 二八六

うらゝかにめがねのつるのほそきかな 二八七

なつかしや汐干もどりの月あかり 二八八

春炬燵あかりをつけてもらひけり 二八九

遠き灯をそのまた遠き灯を蛙 二九〇

得旨夫人を悼む

いとゞしくぬるゝ床几や花の雨 二九一

花人のぬぎちらしたる草履かな 二九二

春潮の如しや尾上菊五郎 二九三

藤咲くや伊勢讀み飽きて大鏡 二九四

ゆく春や寺の疊のふみごころ　二九五

夜光蟲闇をおそれてひかりけり　二九六

うすものやむかし露伴の艶魔傳　二九七

日盛の誰もあがらぬ二階かな　二九八

花火あぐこの戀ばかり消さじとて　二九九

うち晴れし淋しさみずや獺祭忌　三〇〇

ひやゝかに日を漉す木々となりにけり　三〇一

名月や電話のベルのなりつゞけ　三〇二

芝愛宕公園

櫻落葉櫻のふとき幹ならび　三〇三

小春富士夕かたまけて遠きかな　三〇四

草の尖(さき)さはる小春の障子かな　三〇五

玄關に寫樂をかけて冬構へ　三〇六

幾何は好き代數はいや浮寢鳥　三〇七

眠られぬまゝ

葡萄酒のこの濃きいろや夜半の冬　三〇八

築地八百善にて

障子あけて飛石みゆる三つほど　三〇九

墓原に雪こそつもれ年の暮　三〇

この猪口のいと小さゝよ寒の入　三一

空風の中から泣いて來し子かな　三二

歌仙 陽ざかりの巻（兩吟）

トラックにのり貨車にのり日の盛　万太郎

歌強ひられし扇破（や）れたり　迢空

兵隊のゆくさき〴〵に屯（たむろ）して　万

焚火ふみ消す秋の早立ち　空

月の瀬の山にかくれてあはれなり　万

菊植ゑふやす九郎兵衛の庵　空

ウ

ほつ〳〵と豆を嚙みつゝいひけらく　万

戀ある年で黒きもんぺい　空

書出しを書かすに惜しき手なりけり　万

目前そゝる雪の嶺々　同

飛騨越のどこまでつゝじ咲くやらむ　空

あさぎのれんのかすむ遠近　万

村口の土橋の花のうすじめり　空

回覧板をとゞけかた〲　万

五分刈のよくせき人に憎まれて　空

浴衣裁ちつゝ言ひきかすなり　万

夏の月ふけて鐘つく傳通院　空

坂の途中で逢ひし提灯　万

ナオ
幾人か戰死のうはさつたへきて　空
　返事はすれど膝立てぬなり　万
野分あとゆるゝ二階に住む身をや　空
　のこる蚊とまる目ぐすりの鍋　万
敵一機脱(ぬけ)出(だ)す秋鰯(いわし)よる海へ　空
　テニスコートと甘藷畠と　万
青々とお庭み通す藏やしき　空
　しぐれまつなり柳一トもと　万
有明の廊下は雹のからめきて　空
　戰闘帽の似合ふ似合はぬ　万

借りてかく萬年筆のかきにくき　万
伊豫簾(いよす)のかげに育つをとゞひ　空
西日(ナウ)はやかげりそめたる水を打つ　万
縹(はなだ)をしぼるまへだれのはし　空

（以下欠）

万太郎　十七
迢　空（折口信夫）　十五

昭和二十年七月

（「朝日新聞」、一九五三年九月二十日）

流寓抄

昭和二十年十一月、ぼくは、東京を捨てゝ鎌倉にうつり住んだ。……そのとき以來である、ぼくに、人生、流寓（るぐう）の旅のはじまつたのは……

そして、そのあと、はやくも十餘年の月日がすぎた。

そのあひだで、ふたゝびぼくは東京にかへるをえた。が、ぼくの流寓の旅は、それによつて、決して、うち切られなかつた。……かくて、この世に生きるかぎり、ぼくは、この不幸な旅をつゞけねばならないのだらう。

すなはち、ぼくは、七十回目の誕生日をむかへるにあたり、何か一ト くぎりつけたく、この句集を編んだ。

昭和三十三年十一月

久保田万太郎

その一

昭和二十年十一月四日、東京をあとに鎌倉材木座にうつる。……以下、その新居にてえたる日々(にち〳〵)の心おぼえなり。

ふゆしほの音の昨日(きのふ)をわすれよと　三三

——海、窓の下に、手にとる如くみゆ。

これやこの冬三日月の鋭(と)きひかり　三四

——上京、日のくれ〴〵に帰宅

十日まだ一度もふらず冬の海　三一五

——天氣、毎日、うそのやうにつゞく。よくしたものなり。

日向（ひなた）ぼつこ日向がいやになりにけり　三一六

——妹、上京、けふは一日、留守番なり。

松ばやしぬけねばならず冬の月　三一七

——東京にでれば、どうしても歸りは九時、十時なり。

鎌倉の果（はて）から果の小春かな　三一八

——嘗ての日の吉原のおさださん、徳子さん、扇ヶ谷より來る。……おなじ鎌倉にても、扇ヶ谷と材木座にては……

度（ど）外（はづ）れの遲參のマスクはづしけり　三一九

——このごろの横須賀線の混雑、容易なことにては乗れず、今日も家は早く出たのなれど、東京に着きたるは一時すぎなり。とてもこれでは、時間の約束はできず。

波しろき海の極月(ごくげつ)來りけり　三〇

——鎌倉に住みて、はやくも一ト月……

東京にでなくていゝ日鷦鷯(みそさゞい)　三一

——日曜、しかも快晴、心、太(はなは)だ和む。

いまは亡き人とふたりや冬籠　三二

——妹、上京、留守番なり。

昔、男、しぐれ聞き〳〵老いにけり　三三

——復活するよしの〝新小説〟のために、三十年まへ、そのころ時めきしその雑誌に、はじめて小説書きたるをりのことをしるし、あはせて、當時の名主幹、嘯月本多直次郎を追懷す。

枯蘆の日にかゞやけるゆくてかな　三四

――上京。……車中、蒲田とおぼしきあたりにて

海の日のあり〳〵しづむ冬至かな　三五

――十二月二十三日

叩きつけられたる獨樂のまはりけり　三六

――上京。午後より夜にかけて麻布の〝春燈社〟にあり。

熱燗や手酌いかしき一二杯　三七

――終日、籠居

――〝東京劇場〟にて〝福澤諭吉〟の稽古、二時間餘にて了る。直ちに退京、北鎌倉の〝わかな〟といへるうなぎやにてひらかれたる鎌倉俳句に出席、つぎの二句をつくる。

懐手あたまを刈つて來たばかり　三二八

さもあらばあれ……

遮莫（さもあらばあれ）餅搗けて來りけり　三二九

昭和二十一年を迎ふ。（三句）

はつそらのたま〱月をのこしけり　三三〇

元日や海よりひくき小松原　三三一

沖かけて波一つなき二日かな　三三二

三日午後、東京より歸る。停車場附近、おびたゞしき人出なり。晴れたる空、遽かにくもり來り、冷めたきもの、ふとしも、おもてをうつ。

をりからの雪にうけたる破魔矢かな　三三三

――ある人の世に出づる幸先を祝ひて

まゆ玉のことしの運をしだれける　三三四

――籠居

鶺鴒（せきれい）や四五日海に波の絶え　三三五

――眞船豐、突然北京より歸り來る。

凍つる日のにはかにあきし扉（と）なりけり　三三六

人情のほろびしおでん煮えにけり　三七

——語る。
ひそかにしるす。

わが胸にすむ人ひとり冬の梅　三八

その二

波を追ふ波いそがしき二月かな　三三九

吉村太一夫人、逝く。

砂みちに月のしみ入る二月かな　三四〇

上京

焼けあとの一年たちし餘寒かな　三四一

所懐（二句）

春浅し空また月をそだてそめ　三四二

あはゆきのつもるつもりや砂の上　三四三

たま〳〵大町の裏通りをすぐ。

梅寒き一中ぶしの稽古かな　三四四

戯曲〝あきくさばなし〟を執筆しつゝ（二句）

鶯に人は落ちめが大事かな　三四五

鶯やつよき火きらふ餅の耳　三四六

春暁や雨のあらひし松の幹　二四七

所懐（二句）

提灯の逢うてわかれしおぼろかな　二四八

月の出のおそきをなげく田螺（たにし）かな　二四九

豆の花海にいろなき日なりけり　二五〇

杢太郎いま亡き五月來りけり　二五一

帝國劇場五月興行。〝短夜〟演出ノートより（二句）

單帯（ひとへおび）かくまで胸のほそりけり　三五二

短夜のあけゆく水の匂かな　三五三

その三

昭和二十一年五月二十二日、戰災ふたゝび到り、わが家、接收さる。

松風の夏めく庵を追はれけり　三五四

芍薬の一ト夜のつぼみほぐれけり　三五五

土用波はるかに高しみえて來て　三五六

水は水洲は洲の夏の果つるかな　三五七

七月二十四日、芥川龍之介についてのおもひでを放送

河童忌や河童のかづく秋の草　三五八

大仁よりもどる。……たま〳〵十五夜、生憎の天氣なり。(二句)

月の雨ふるだけふると降りにけり　三五九

滑川(なめりがは)海よりつゞく無月かな　三六〇

汁(つゆ)の味あだ鹽辛(じよつから)し一葉(ひとは)落つ　三六一

衣紋ぬくくせまだぬけず秋扇　三六二

このところ四五日、上京せず、鎌倉にこもる。（四句）

秋の雲みづひきぐさにとほきかな　三六三

停車場にけふ用のなき蜻蛉かな　三六四

波の音はこぶ風あり秋まつり　三六五

鳴く蟲のたゞしく置ける間なりけり　三六六

東京に泊りて

とある日の銀杏(いてふ)もみぢの遠眺め　三六七

大仁への車中

芒の穂ばかりに夕日のこりけり　三六八

冬に入る月あきらかや松の上　三六九

下高輪のさる方にて（四句）

柴垣を透く日も冬に入りにけり　三七〇

冬來る平八郎の鯉の圖(づ)に　三七一

庭石に斑（はだれ）にさせば冬日かな　三七二

二階からみて山茶花のさかりかな　三七三

大空のあくなく晴れし師走かな　三七四

銀座

ゆく年やむざと剥ぎたる烏賊（いか）の皮　三七五

大仁にて越年（四句）

硝子戸にはんけちかわき山眠る　三七六

わらづかの點々たりや大晦日 三七七

ゆく年やしめきりてきく風の音 三七八

鐵瓶の蓋きりて年惜みけり 三七九

その四

昭和二十二年を迎ふ。……大仁ホテルにて

元日の雨の枯生(かれふ)となりにけり　三八〇

水口屋にて小酌

たゞ海のみゆるばかりや冬座敷　三八一

靜浦をすぐ。

ともづなのつかりし水や松の內　三八二

なつかしともなつかし。……いまはむかしの、忠七よ、半平よ、喜代作よ……

獅子舞やあの山越えむ獅子の耳　三八三

一月十一日、芝公園竹友居にて、いとう句會の砌、いまは亡き金一よ、この宴、おん身あらましかばと……

手をしめてしめて泣初(なきぞ)めしたりけり　三八四

吉村光代、あけて四つなり、母親の顔を知らず。

風花やいつおぼえたる顔みしり　三八五

みゆるときみえわかぬとき星餘寒　三八六

ほそみとはかるみとは蝶生れけり　三八七

藁屋根のあをぞらかぶる彼岸かな　三八八

夕暮かたの濱へ出て
二上り節を唄へば
昔もかく人のうたひ候と
よぼよぼの盲目がいうた。
さても昔も今にかはらぬ
人の心のつらさ、懐しさ、悲しさ
——李太郎

旅びとの覗きてゆける雛（ひゝな）かな　三八九

くもることわすれし空のひばりかな　三九〇

大仁にて

花のある方へ〳〵と曲りけり　三九一

伊豆の旅にて

葉櫻や發（た）つときめたるときの雨　三九二

人のいへる

葉櫻にとかくの義理のつらきかな　三九三

梅雨ふかし猪（ちよ）口（こ）にうきたる泡一つ　三九四

はんけちのたしなみきよき薄暑かな　三九五

燈籠の消（け）ぬべきいのち流しけり　三九六

秋くさやしばらくは日のさしわたり　三九七

某家にて女兒出生

あきくさのゆめうつくしく生ひたてよ　三九八

谷崎潤一郎作〝蘆刈〟演出ノートより（三句）

くろかみにさしそふ望（もち）のひかりかな　三九九

月の荻あかるく露の萩くらく　四〇〇

月は月雲は雲いましづかなり　四〇一

三越劇場九月興行。樋口一葉作〝十三夜〟演出ノートより

遠ざかりゆく下駄の音十三夜　四〇二

古奈〝三養荘〟にて（三句）

さゞなみをたゝみて水の澄みにけり　四〇三

芒の穂うつすと水の澄みにけり　四〇四

佇めば身にしむ水のひかりかな　四〇五

一年餘の間借住居より脱す。（四句）

短日やにはかに落ちし波の音　四〇六

短日や夫婦の仲のわだかまり　四〇七

短日や大きな聲のうけこたへ　四〇八

鍋に火のすぐきいてくるしぐれかな　四〇九

近狀を問はれて

しらたきと豆腐と買ひて冬ざるゝ　四一〇

小說〝川〟執筆(三句)

冬籠つひに一人(ひとり)は一人かな　四一一

日本海みたきねがひや冬籠　四二

小説も下手炭をつぐことも下手　四三

文學座、十周年を迎ふ

ゆく年や草の底ゆく水の音　四四

その五

病人のかたはらにて昭和二十三年を迎ふ。

波の音たかく元日了りけり　四一五

三日、午後、和田塚の三宅さんより電話あり、はじめて外出、あらたまの春のけしきのまばゆきにおどろく。

三日はや雲おほき日となりにけり　四一六

巡業中、松本要次郎の急逝にあひたる高橋潤に

悴（かじか）みてよめる句に季のなかりけり　四一七

節分やきのふの雨の水たまり 四一八

いつ濡れし松の根(ね)方(かた)ぞ春しぐれ 四一九

鎌倉の松風さむき雛かな 四二〇

菊池寛、逝く。……告別式にて

花にまだ間(ま)のある雨に濡れにけり 四二一

よみにくき手紙よむなり花曇 四二二

たま〱わが家にあり

松の蕊(しん)群(む)れて鳥の音(ね)へだてけり　四二三

夏に入る星よりそひてうるみけり　四二四

柳ばし柳光亭、再建

青すだれむかし〱のはなしかな　四二五

家人をかなしむ

蝙蝠(かうもり)に口ぎたなきがやまひかな　四二六

雪の下、小林秀雄新居

夕月をいたゞきて夏やかたかな　四二七

さめにけり汗にまみれしひるねより　四二八

人のうへやがてわがうへほたるかな　四二九

盆提灯かくて地雨（ぢあめ）となれりけり　四三〇

九月二十八日、宮中にて御陪食（三句）

おぼしめしありがたく露しろきかな　四三一

わすれめや賜餐（しさん）の卓（しよく）の秋の草　四三二

言上すうき世の秋のくさ〴〵を　四三三

わが家にありて

あきかぜのへちまとなりて下（さが）りけり　四三四

清方先生を訪ふ。

長き夜やひそかに月の石だゝみ　四三五

——安藤鶴夫著〝落語鑑賞〟の序にかへて（六句）

船徳

四萬六千日の暑さとはなりにけり　四三六

明烏

大門(おほもん)といふ番所(ばんしょ)ありほとゝぎす　四三七

お見立

墓原の空に鳶舞ふ日永かな　四三八

寝床

明易やらちくちもなく眠りこけ　四三九

素人鰻

夏の夜の性根を酒にのまれけり　四四〇

酢豆腐

たゝむかとおもへばひらく扇かな　四四一

北鎌倉

丹精の菊みよと垣つくろはず　四四二

十一月七日

茶の花におのれ生れし日なりけり　四四三

近状を問はれたるにこたふ。

めッきりと蠅もへり日もつまりけり　四四四

皿は皿小鉢は小鉢年の暮　四四五

その六

昭和二十四年を迎ふ。

老木の根、元日きよく掃かれたる　四四六

ことし、おのれ、還暦とよ

年寒しうつる空よりうつす水　四四七

高岡宣之、交通事故にて不慮の死を遂ぐ。(二句)

枯蔓にすがるすべさへなかりしか　四四八

正直の後手（ごて）に〱と寒きかな　四四九

とりわくるときの香もこそ櫻餅　四五〇

三月十日

さくらもち供へたる手をあはせけり　四五一

火をふいて灰まひたゝす餘寒かな　四五二

鎌倉はいま〝櫻まつり〟なり。

波あをきかたへと花は遁（のが）るべく　四五三

ふる雨のおのづから春夕（ゆふべ）かな 四五四

鎌倉にあれば（二句）

波哮（たけ）るかたへとおぼろたどりけり 四五五

あけし木戸閉めておぼろにもどしけり 四五六

西もひがしもわからぬ猫の子なりけり 四五七

鎌倉は光明寺遅ざくらかな 四五八

妹、結婚、三十餘年の肩の荷を下ろす。

春眠をむさぼりて悔なかりけり　四五九

鯉幟牡丹ばたけにとほきかな　四六〇

戸板康二、〝丸本歌舞伎〟にて戸川秋骨賞をうく。

夏逸(はや)る玉菜のいのち抱きけり　四六一

神田伯龍追悼

人(ひと)柄(がら)と藝と一つの袷(あはせ)かな　四六二

某日、小田急線〝柿生〟といふところにて下車。……河上徹太郎を訪ねんとてなり。

七時まだ日の落ちきらず柿若葉　四六三

海岸橋をすぐ。

まだ荒るゝ沖のあかるき薄暑かな　四六四

……このごろ、めッきり氣の弱くなりしをいかにせむ。

梅雨の胃にひそかにくすり嚥（の）みくだし　四六五

藝術大學邦樂科設置問題に關しての小宮音樂學校々長の態度ほど、近來、立派に、且、たのもしくおもへしものなし。

花菖蒲たゞしく水にうつりけり　四六六

――それにつけても、邦樂のいかなるものかさへわきまへざるやからの、お家の大事とばかり、いたづらに押しまはしたる横車、あぶらの切れし心棒をきしませたるをかしさよ。

梅雨の焜爐（こんろ）おろかにあふぎつゞけけり　四六七

〝改造〟のために〝市井人〟執筆

小説は書けねど百合の咲きにけり　四六八

六世尾上菊五郎の訃、到る。……七月十日のことなり……

夏じほの音たかく訃のいたりけり　四六九

……をりから、わが家の庭に、百合、ふたもと三もと咲く。

咲き反（そ）りし百合の嘆きとなりにけり　四七〇

この人のまへにこの人なく、この人のあとにこの人なかるべし、と。

またとでぬ役者なりとよ夏の月　四七一

作麼生（そもさん）

夏の月うかれ坊主の浮かれけり　四七二

月も露も涼しきとはのわかれかな　四七三

拈香（ねんかう）

でゞむしにをり〱松の雫かな　四七四

老いらくの戀とよ

ひまはりのたかぐ〵咲ける憎さかな　四七五

避暑地鎌倉（二句）

夏老いぬバスのあげゆく砂ほこり　四七六

くらげふえし海よりかへり來る裸　四七七

大風(おほかぜ)の夜のあさがほにあけしかな　四七八

東京での仕事を了り、十日ぶりにて鎌倉に帰る。

蜜柑むく爪のいかさま苦爪(くづめ)かな　四七九

つねに正しく、つねに不幸なる菊田一夫に

世のそしり人のあざけり野分(のわき)かな　四八〇

十一月二十三日（二句）

あらひたる障子立てかけ一葉忌　四八一

石蹴リの子に道きくや一葉忌　四八二

砂みちのあくなくぬるゝしぐれかな　四八三

いとう句會、わが還暦を祝ひて、宮田重雄畫伯の描きたるわが像を贈る。

しぐるゝやまさるめでたきちやん〳〵こ　四八四

生豆腐(なまどうふ)いのちの冬をおもへとや　四八五

冬の夜の灯のおちつきにひそむ魔か　四八六

十二月二十四日、北鎌倉圓覺寺に、還暦記念の句座を設く。(二句)

たッぴつに雲水炭をつぎくるゝ　四八七

雲水のつぎくれし炭熾(おこ)りけり

その七

昭和二十五年を迎へて（三句）

これやこの初湯の蓋をまだとらず　四八九

讀初や露伴全集はや五巻　四九〇

まゆ玉や人のこゝろの照りかげり　四九一

人のよく死ぬ二月また來りけり　四九二

井上正夫、湯河原にて急逝。

さがみ野の梅ヶ香黄泉(よみ)にかよひけり　四九三

このところ、ずッと、鎌倉にのみあり。(二句)

永き日や買つてかへりし灰ふるひ　四九四

ぬかるほど水を撒きたる日永かな　四九五

鎌倉山

咲き倦みし枝さしかはす櫻かな　四九六

四月二十三日、名古屋にて近畿鐵道に乘りかへ、四日市に向ふ。……一行、里見弴、田中純、小島政二郎、今日出海、その他……

菜の花の黄のひろごるにまかせけり　四九七

その夜、湯の山温泉まで、一時間あまりバスに乘る

おぼろとは菜の花月夜これならむ　四九八

〝壽亭〟といふ宿に着く。

石段にふめよと落ちし椿かな　四九九

二十五日、伊賀上野に入る。

ゆく春やみかけはたゞの田舍町　五〇〇

芭蕉にゆかりあるところをみてまはる。

永き日やみのむし庵のわらぢ塚　五〇一

賢島まで電車。……〝賢島ホテル〟に着きて、一同、はじめて生色あり。

あたらしき疊匂ふや夕(ゆふ)蛙(がはづ)　五〇二

浴後、窓によれば、草も、木も、雲も、水も……

何一つうごくものなし春惜む　五〇三

海岸橋

ゆく春や日和のたゝむ水の皺(しわ)　五〇四

七轉び八起きかなしき墓參かな　五〇五

秋風やわすれてならぬ名をわすれ　五〇六

おもはぬ人に逢ひて

何もかもむかしの秋のふかきかな　五〇七

九月二十六日、十五夜、たま〳〵浅草にあり。

ふるさとの月のつゆけさ仰ぎけり　五〇八

お十夜に穂の間(ま)にあひし芒かな　五〇九

あさがほの蔓ひきすてしより夜寒　五一〇

やゝひくき枕かたしく寒さかな　五二

疲労、悪寒をさそふ。やむなく東京に泊る。

大年（おほとし）や襤褸（ぼろ）のごとくに雲の垂れ　五三

その八

昭和二十六年を迎ふ。（三句）

めでたさは初湯まづわきすぎしかな　五一三

蘆垣に日のさしぬける二日かな　五一四

手毬唄哀しかなしきゆゑに世に　五一五

冬薔薇に名づけて眞珠日和かな　五一六

大阪より伊勢に出で、賢島を訪ふ。

極月や注連（しめ）の浦村字（あざ）賢（かしこ）　五一七

このあたり、よろづ、まだ、舊暦なり。——されば……

東京のまッたゞなかの霞かな　五一八

歌舞伎座、新装成り、初開場

柳の芽雨またしろきものまじへ　五一九

喜多村緑郎夫人、はやくもことし七回忌とき﹅て、かなしみをあらたにす。

雛あられ兩手にうけてこぼしけり　五二〇

歌舞伎座、三月興行に〝源氏物語〟を上演

いづれのおほんときにや日永かな　五二一

中村芝翫、六世歌右衛門を襲名（三句）

春風やまことに六世歌右衛門　五二二

藝(げい)柄(がら)のおのづから草芳ばしや　五二三

鏡中に眉こそ匂へ春の雷　五二四

喜多村緑郎著〝藝談〟の序にかへて

針のひく絲の尾ながき彌生かな　五二五

よろこびもかなしみも……

み返ればすなはちやさし春の月　五二六

出發の日、目のまへに迫りて、しかもなほ旅券下りず。人にいへぬ苦勞、身のほそるおもひなり。すなはち、以て〝オスロ窶れ〟とこたふ。

鳥曇よしなきことにかゝづらひ　五二七

カルカッタの飛行場にて

壁にいま夜の魔ひそめるやもりかな　五二八

カラチの飛行場にて

みじか夜やおもひ〳〵の椅子の向き　五二九

イスラエル着

空港につゞく曠野の麥の秋　五三〇

その夜、イスラエルの町に泊る。……航空機の故障によりてなり。（二句）

星涼しユダヤかたぎのはなし好き　五三一

短夜やこの坂の下地中海　五三二

イエルサレムにて（三句）

聖蹟の丘たゝなはる五月かな　五三三

聖蹟はすなはち廢墟雲の峰　五三四

死海（デッド・シー）みゆるとのみや雲の峰　五三五

イタリー着

永遠の都しづもる西日かな　五三六

翌三十日、ロンドンよりオスロに入り、約十日滞在。

誰一人日本語知らぬ白夜かな　五三七

ヨーロッパより歸りて

梅雨を病むひとへに旅の疲れかな　五三八

箱根にて（二句）

手摺まで來てはきゆるや梅雨の雲　五三九

溫泉(ゆ)の加減いつにかはらず若葉雨　五四〇

九月六日、〝いとう句會〟同人とゝもに伊豆吉奈東府屋にあり。

つりばしのゆれても秋の夕かな　五四一

吉奈をおもひいでゝ

かたまりてあひるのねむる無月かな　五四二

〝山の茶屋〟にて文藝春秋句會。……〝一〟あるひは〝二〟の數字を結べよ、とあり。

貧すれば鈍の一茶の忌なりけり　五四三

たか〲とあはれは三の酉の月　五四四

いくたびもすわり直して寒さかな　五四五

あたらしき筆を嚙む齒の寒さかな　五四六

昭和二十六年をおくる。

古暦水はくらきを流れけり　五四七

その九

昭和二十七年を迎ふ。

年玉の手拭の染メ匂ひけり　五四八

三月一日、明治座の稽古場にて、三汀久米正雄の訃に接す。

春火鉢かじかみし手をかざしけり　五四九

羊軒逝きて十日、いまゝた三汀の訃に接す。

雪の魔の死の魔とゝもにくるひけり　五五〇

ばか、はしら、かき、はまぐりや春の雪　五五一

自動車を下りずにまつや春の雪　五五二

半月ぶりにて鎌倉に帰る。

連翹（れんげう）のまぶしき春のうれひかな　五五三

歌舞伎座四月興行〝西郷と豚姫〟演出ノートより

凩や京の揚屋のはこばしご　五五四

四月某日、大阪より京都に入る。……桂離宮にて

詠みし句のそれ〴〵蝶と化（け）しにけり　五五五

祇園〝杏花〟にて

仰山に猫ゐやはるわ春灯 五五六

歌舞伎座〝源氏物語〟(第二部)演出ノートより(四句)

笛の音にこもりし春のうれひかな 五五七

わらづかのかげにみつけしすみれかな 五五八

あひともにかちわたらむよ春の水 五五九

髭黒の大(だい)将(しやう)に花ふゞくかな 五六〇

十日ぶりにて鎌倉にかへる。（二句）

あさがほを蒔く日神より賜ひし日　五六一

喪にこもる藤咲きいでしさへ知らず　五六二

市川男女藏改め三代目市川左團次におくる。

初鰹襲名いさぎよかりけり　五六三

人にこたふ。（二句）

運不運人のうへにぞ雲の峰　五六四

香水の香（か）のそこはかとなき嘆き　五六五

東京に於けるわが定宿〝清岡旅館〟についてこたふ。

野分まつ宿を銀座にさだめけり　五六六

〝夢〟とのみ一字、近衛文麿公の遺筆のよし

夢とのみ一字に菊のしろさかな　五六七

世はあひもかはらぬ默阿彌ばやりなり。

短日や小ゆすりかたりぶッたくり　五六八

翁忌やおきなにまなぶ俳諧苦　五六九

ことしより〝初場所〟といふものはじまる。（二句）

初場所やかの伊之助の白き髯　五七〇

勝名乘寒ゝのこだまを返しけり　五七一

NHK、テレビジョン本放送開始

室咲きの花のいとしく美しく　五七二

いまの流行とよ

茶羽織は襟をかへさず春しぐれ　五七三

向島百花園

辛うじて芽やなぎ水にとゞきけり　五七四

鎌倉材木座海岸

花どきの海のしばく荒れにけり　五七五

浅草駒形橋

ふるさとの春の北風つよきかな　五七六

室戸岬にて（二句）

薫風やいと大いなる岩一つ　五七七

火(くわ)蛾(が)去れり岬ホテルの午前二時　五七八

新橋演舞場〝あぢさゐ〟演出ノートより

夏帯やつくつもりなき嘘をつき　五七九

わが家にあれば

うとましや聲(こわ)高(だか)妻(づま)も梅雨寒も　五八〇

出雲ばし〝はせ川〟開店二十年といふ。（二句）

をんな手にこゝまで仕上げ夏のれん 五八一

ふきぬくる風に悔なし夏のれん 五八二

人、來りていふ。

きやうだいの緣うすかりし墓參かな 五八三

接收を解除せられたる澁澤秀雄邸にてひさ〴〵の〝いとう句會〟

桐一葉空みれば空はるかなり 五八四

九月下旬、〝文藝春秋〟講演旅行——秩父にて

秋深しすぐ目のまへの山の襞 五八五

ひやゝかに梁（やな）こす水のひかりかな　五八六

——澁川にて

水にまだあをぞらのこるしぐれかな　五八七

山茶花によるべみつけし日ざしかな　五八八

牡蠣船にもちこむわかればなしかな　五八九

焼芋やばッたり風の落ちし月　五九〇

焼芋やいまはむかしのゆめばかり　五九一

象潟（二句）

ゆき逢ひし枯野乙女の何人目　五九二

夕みぞれ干満珠寺のむかしかな　五九三

秋田にむかふ途中

みぞるゝやたゞ一めんの日本海　五九四

身の冬の胼（ひゞ）あかぎれの藥かな　五九五

叱られて目をつぶる猫春隣

その十

昭和二十九年新春――

寒凪の初場所日和つゞきけり　五九七

松根東洋城先生、日本藝術院に入る。

寒凪のたま〳〵かすみわたりけり　五九八

春の日やボタン一つのかけちがへ　五九九

三月四日、岸田國士、〝どん底〟舞臺稽古中に發病、翌朝六時十分、永眠。

泣きはらしたる目の遣(や)り端(は)春の雪　六〇〇

白足袋のすぐに汚れてあたゝかき　六〇一

鎌倉、けふよりまた毎年のことの〝春まつり〟なり。

四月馬鹿朝から花火あがりけり　六〇二

四月五日、主人誕生日の故を以て、極樂寺狩野近雄邸に招かる。……宴、深更に及ぶ。

釜の湯の煮えのおちたるおぼろかな　六〇三

北鎌倉

まづ以て落花の池ぞ圓覺寺　六〇四

無常迅速

夕刊のすでにで丶をり花の晝 六〇五

夏場所やひかへぶとんの水あさぎ 六〇六

〝清岡〟にて

そらまめのおはぐろつけし祭かな 六〇七

すなはちこたふ。

逢へばまた逢つた氣になり螢籠 六〇八

八月四日、築地より東京港めぐりの船に乘る。〝文藝春秋〟句會なり。（二句）

紙カップまづまろばして風涼し 六〇九

西日のがるゝすべなき舟に乗りにけり　六二〇

八月九日、〝眞菰の中〟執筆のため、土浦より水郷めぐりの遊覧船にのり潮來にいたる。

夕焼の風に消えゆく眞菰かな　六二一

九月五日、中村吉右衛門逝く。

はつ雁の音にさきだちていたれる訃　六二二

……菊五郎、吉右衛門合同、いふところの二長町時代をおもふ。（二句）

立ち競（きそ）ふ幟の數や秋晴るゝ　六二三

白（しら）ぎくと黄菊のまさり劣りかな　六二四

雁の音をよそにうたへる機嫌かな　六一五

……戯れにこの人のいひけるは、小唄〝波派〟をうちたてむか、と。(二句)

わが唄はわがひとりごと露の秋　六一六

わすれめや柿まろかりし双の頬　六一七

遮莫(さもあらばあれ)、おもひいでらるゝこの人の幼な顔よ。

名月やいまは亡き人吉右衛門　六一八

名月のけふ初七日のほとけかな　六一九

村山貯水池行。……いつもの〝文藝春秋〟句會なり。(三句)

門川に障子あらへり道訊(き)かむ　六三〇

夕月へ色うつりゆく芒かな　六三一

知らぬ犬はしりより來て秋の暮　六三二

秋場所十日目(二句)

秋風や負けてもけなげ名(な)寄(よろ)岩(いは)　六三三

この道はたゞ勝てばよき秋の風　六三四

一人の友のいへる。

身の幸のけふゆくりなきしぐれかな　六二五

また一人の友のいへる。

年月のつもるにまかすしぐれかな　六二六

おのれのいへる。

鎌倉の果に住みつくしぐれかな　六二七

昭和三十年を迎ふ。……鎌倉に住みて、あゝ、つひに十年……(二句)

まゆ玉をうつせる書の鏡かな　六二八

輪かざりやすでに三日の隙間風　六二九

銀座の晝を行く。

忍(のび)、空巣(あきす)、すり、掻ッぱらひ、花曇　六三〇

つけてやりし鈴ふりならす子猫かな　六三一

馬には乗つてみよ、のたとへあり。

人には逢つてみるものゝ浴衣かな　六三二

一つの記憶

薫風や硯も墨もかくは缺け　六三三

淺草駒形

みこしまつまのどぜう汁すゝりけり　六三四

船津屋とは〝歌行燈〟に描かれたる湊屋のことなり。すなはち、主人念願の記念碑のためにつぎの一句をおくる。

獺に燈(ひ)をぬすまれて明易き

その十一

昭和三十年六月十六日、鎌倉より東京にうつる。

つりしのぶ越して來るなりもらひけり　六三六

湯島天神町といふところ、震災にも戰災にも逢はず、古き東京のおもかげをとゞむ。

さみだれや門をかまへず直ぐ格子　六三七

湯島天神境內、すぐ目のまへの崖の上なり。（二句）

梅雨の月閉めわすれたる窓にかな　六三八

みじか夜の夜ッぴてついてゐる灯かな　六三九

うつり來て、はや半月……

梅雨あけやさてをんな坂男坂　六四〇

水中亭内田誠君、逝く。……おもはざりき、この人に、
かゝる寂しき晩年のあらむとは……

何がうそでなにがほんとの露まろぶ　六四一

九月五日、〝至藝院殿秀山大居士〟(中村吉右衛門)一周忌

よろこびもかなしみも月にもどりけり　六四二

宮薗千之、妓籍を去る。

はれ〴〵と然(さ)なり扇を置きにけり　六四三

九月三十日、十五夜、清澄公園にて〝文藝春秋〟句會。（二句）

手にのせて豆腐きるなり今日の月　六四四

天神の崖の下みち無月かな　六四五

こたへて曰く、八方やぶれ……

秋かぜの入るにまかせむ窓あけよ　六四六

湯島

格子出づけさの落葉のふきたまり　六四七

十二月中旬、ふたゝび西下

顔見世やおとづれはやき京の雪　六四八

蓮枯れたりかくててんぷら蕎麦の味　六四九

蓮玉庵主人に示す。

〝まるたか〟をいでゝ、日本橋をわたる。

ゆく年の水にうつる灯ばかりかな　六五〇

昭和三十一年を迎ふ。

まゆ玉や一度こじれし夫婦仲　六五一

吉原にて（二句）

獅子舞やちやらけはちまき太鼓方　六五二

獅子舞のあはれ狂ひとなンぬ驚破（すは）　六五三

〽人をうらめば、ひともまた、われをうらみてしどもなや、月かげの、きえてあとなし、ゆめぞとも、いつふりいで丶閨の戸に、いつつもりたる雪の嵩(かさ)

しらぬまにつもりし雪のふかさかな　六五四

霜よけの塵(ちり)もうき世の二月かな　六五五

湯島

きさらぎや亀の子寺の疊替　六五六

〝春燈〟十周年をむかふ。

春の雪うち〳〵だけの祝ひかな　六五七

人にこたふ。（二句）

人づてにうはさきくだけ花ぐもり　六五八

花ぐもりとある横町まがりけり　六五九

東（あづま）をどりをどりと假名で書きにけり　六六〇

鎌倉を訪ふ。

遠き屋根に日のあたる春惜みけり　六六一

越すつもりあれどあさがほ蒔きにけり　六六二

夏淺く吾妹（わぎも）のかけし襷（たすき）かな　六六三

簾（すだれ）かけてわづかにかくしえたるもの　六六四

東銀座清岡旅館に滞在。……たま〳〵床にかゝりし軸に〝老いはたゞ、ねてこそすぐせ、ゆめならで、むかしにかへる、よしもあらねば〟とあり。

わが老いの業（ごふ）はねむれずあけやすき　六六五

七月二十九日、〝春燈會〟にて（二句）

晝（ひる）みたる瀧の夜の音聞きにけり　六六六

何ごとも神さままかせ瀧に佇（た）つ　六六七

銀座〝岡田〟にて（二句）

一人猪口をふくみて夏のよき夕　六六八

割りばしをわるしづこゝろきうりもみ　六六九

桑名、船津屋

みじか夜や間(ま)毎(ごと)間毎の葭障子　六七〇

たま〳〵藏前をすぐ。

角力いまはねし賑ひ今日の月　六七一

九月のはじめ、木曾馬籠におもむく。藤村記念堂を訪はむとてなり。（二句）

はれ〴〵と馬市たちし花野かな　六七二

芒、穂にいでゝ恵那いま雲の中　六七三

深川

わたり來し橋をかぞへて夜寒かな　六七四

一ト猪口は一ト猪口と秋ふかきかな　六七五

箱根

冬近し草にかくれし榻(しぢ)一つ　六七六

十一月十日夕刻、われら文學代表の一行、北京に着く。

北京着けさはつ雪のありしとふ　六七七

周總理小春の眉の濃かりけり　六七八

十一日、和平賓館にて

北京市

就中(なかんづく)城門冬のかすみかな　六七九

十七日、雪ふる。

日々(ひび)是好日(これかうじつ)すなはち雪となりにけり　六八〇

その日の午後、東安市場〝東來順〟にて

短日や涮羊肉(ツワンヤンロウ)の湯のたぎり　六八一

歸路、ふたゝび廣州愛群大廈に一泊

暖房やされど珠江(しゆかう)の水の荒レ　六八二

木の葉髪時のながれに溺れむや　六八三

昭和三十二年を迎へて、まづ、十年わが家に住みついたる猫トラの死をかなしまねばならなかつたといふことは……(五句)

汝が聲にまぎれなかりし寒夜かな　六八四

汝が聲の枕をめぐる寒夜かな　六八五

鎌倉にかも汝は去りし寒夜かな　六八六

汝をおもふ寒夜のくらき海おもふ　六八七

汝が眠りやすかれとのみ寒夜かな　六八八

箱根〝松の茶屋〟にて（二句）

足もとにひそむ流れや山の冬　六八九

人聲のすぎたるあとや冬の山　六九〇

二月二十日、耕一、死去

春の雪待てど格子のあかずけり　六九一

所懷

われとわがつぶやきさむき二月かな　六九二

三月五日、雪ふる。……去年の十一月十七日、北京にて逢ひたる雪をおもふ。……たま〳〵、この日、耕一の二七日にあたれり。

ほと〳〵とくれゆく雪の夕かな　六九三

三月十一日、神西清君の訃に接す。

梅寒しあとからあとゝ人の死に　六九四

一ト足のちがひで逢へず春しぐれ　六九五

こたへて曰く、方違(かたたが)へ……

連翹やかくれ住むとにあらねども　六九六

さるほどに

櫻餅うき世にみれんあればかな　六九七

春雨や枯らすに惜しきいのちの根　六九八

歌舞伎座所演〝源氏物語〟(第一部)再演の演出ノートより(二句)

蹴る鞠のそれてかげろふゆくへかな　六九九

椿落つ妬心の闇のふかき底　七〇〇

藤間万三哉、急逝。

目になみだうかめし春の佛かな　七〇一

耕一、百ヶ日

尋（と）めゆけどゆけどせんなし五月闇　七〇二

ことし、わが家は、新盆なり。（四句）

新盆（にひぼん）やひそかに草のやどす露　七〇三

風きよし切子の房をふきみだし　七〇四

夜あがりの空たのめなき切子かな　七〇五

身の闇や盆提灯のきえしとき　七〇六

去るもの日々にうとからず盆の月　七〇七

七月二十四日、〝辻留〟にて

河童忌のてつせん白く咲けるかな　七〇八

八月六日

あさがほのはつのつぼみや原爆忌　七〇九

やみ夜とは月夜のはての蛙鳴く　七一〇

〝まるたか〟にて

雨(あま)やみをする間(ま)もあがる花火かな　七一一

燈籠のよるべなき身のながれけり　七二二

秋しぐれいつもの親子すゞめかな　七二三

人めなき露地に住ひて秋の暮　七二四

たよるとはたよらるゝとは芒かな　七二五

箱根にて

短日や縁の下ゆく一ト流れ　七二六

〝法界坊〟の番頭長九郎を最後の舞臺として、中村吉之丞、逝く。

突き袖も置き手拭（てぬぐひ）も餘寒かな　七一七

敷松葉節分さむき日なりけり　七一八

雛の日の句會にて（三句）

菜の花の黄をまじへけり雛あられ　七一九

手にうけて雪よりかるし雛あられ　七二〇

雛あられねもごろつゝみくれしかな　七二一

四月二十二日の夜〝文藝春秋〟の講演旅行のため東京を發つ。……以下、その旅行中詠み捨てたる句のかず〲

玉野市にて

よる波にかげなき春の夕かな　七二二

尾の道にて

はらのたつほど波たゝぬ日永かな　七二三

たま〲鎌倉の舊居におもひを馳す。

あさがほを蒔きけり波のたかき日に　七二四

人のいへる。

寡婦哀しあさがほを蒔き萩を植ゑ　七二五

わが家にて（二句）

風きよし薔薇咲くとよりほぐれそめ　七二六

星わかし薔薇のつぼみの一つづゝ　七二七

來ては去るその日〳〵よ

今日といふ日を賭くる水打ちにけり　七二八

はつあらし佐渡より味噌のとゞきけり　七二九

月今宵いさゝか風のつよきかな　七三〇

「流寓抄」時代 拾遺

元日の海に落ちゆく日なりけり　七二一

雪よふれかしつもれかし實朝忌　七二二

籠居

葉のつやを逃げてつばきのしろきかな　七二三

鎌倉に清方住めり春の雨　七三四

春泥をふみかへし踏みかへすかな　七三五

飯田蛇笏君、ことし還暦ときく。この人とは、そのむかし、東洋城庵にて、ともに「國民俳句」をつくりたるよしみあり

中坂のおもひでともる霞かな　七三六

ぬかあめのあかるき松のみどりかな　七三七

芝雀、四代目中村時藏を襲名

はるかぜに似たるもの、これ親の恩　七三八

何もかもいまはむかしのやなぎかな　七三九

薄暮、微雨、而(しか)して薔薇(さうび)しろきかな　七四〇

阿波にては、まだ黄ばみそめし位なりし麥、土佐にては、すでに眞ッ黄色なり

あてことのはづれてばかり麥の秋　七四一

六月八日「はと」にて西下

夏淺し廻轉椅子のよくまはり　七四二

淺草に文藝春秋句會

名園のこの荒レみよとあやめかな　七四三

梅雨の灯の憑きし柱のほそりかな　七四四

汗涼し袖たくしあげたくしあげ　七四五

花火赤くあがりて青くひらきけり　七四六

〝山の茶屋〟にて〝文藝春秋〟句會

夕焼のあへなく消えし案山子かな　七四七

草庵餘情

一ぱいにさしてゐる日や松手入　七四八

双葉山、二十年の土俵生活を捨つ

一生に二度と來ぬ日の小春今日(けふ)　七四九

漱石忌餘生ひそかにおくりけり　七五〇

中村鴈治郎に

金泥をもて枯蓮を描かむすべ　七五一

「假名手本忠臣藏」開口

いろは假名四十七文字寒さかな　七五二

「假名手本忠臣藏」九段目

石摺の襖に冬をこもりけり　七五三

流寓抄以後

その一

道づれの一人はぐれしとんぼかな　七五四

亡き藤間万三哉をなげく

朝寒や人のなさけのおのづから　七五五

木村荘八畫伯、逝く。

冬霧の夜のなげきとはなりにけり　七五六

ねこ舌にうどんのあつし日短か　七五七

熱燗のいつ身につきし手酌かな　七五八

冬ごもり閉ぢてはあける目なりけり　七五九

熱海にて文藝春秋社忘年會の砌、志あるものうちよりて句座をひらく。（四句）

また一つ誤植みつけぬみかん剝く　七六〇

縁は異なものとぞみかん剝きあへる　七六一

沖に立つしら波みゆる枯野かな　七六二

クリスマス海のたけりの夜もすがら　七六三

その二

昭和三十四年をむかへての十句〈四句採録〉。

しろきものおちてきたりぬ去年（こぞ）今年（ことし）　七六四

初日記いのちかなしとしるしけり　七六五

とぢ絲のいろわかくさやはつ暦　七六六

まゆ玉にさめてふたゝび眠りけり　七六七

寒ンに耐ふ魚（いを）のごとくに身をひそめ　七六八

春立つやあかつき闇のほぐれつゝ　七六九

春立つや障子へだてしうけこたへ　七七〇

二月二十日、耕一、三回忌

何おもふ梅のしろさになにおもふ　七七一

箱根〝松の茶屋〟にて（二句）

鶯や書出（かきだ）しかけし二三行　七七二

せきれいとおぼしきかげや春の雪　七七三

三月十日、ＮＨＫよりの耕一の遺作〝若い星〟の放送をきゝて

春雪やよびさまされし死者の魂　七七四

傳馬町雑唱（二句）

たけのこ煮、そらまめうでて、さてそこで　七七五

春深し鳩またくゝと、くゝと啼き　七七六

〃スバル〃はなやかなりしころよ

セルむかし、勇、白秋、杢太郎　七七七

木下夕爾君におくる

セルの肩　月のひかりにこたへけり　七七八

永井荷風先生、逝く。……先生の若き日を語れとあり。

ボヘミアンネクタイ若葉さはやかに　七七九

鰌をどぜうと書くは〃駒形どぜう〃の先代のはじめたるところによる。ひつきやうこれをもつて商標とはしたるなり。

どぜうやの大きな猪口や夏祭　七八〇

七月は何よりもさきに盆の月なり（二句）

つりそめてことし三年（みとせ）の切子かな　七八一

風のなき夜をみまもれる切子かな　七八二

ある日、あるとき……

一生を悔いてせんなき端居かな　七八三

青萩やいつかはりたる風の向キ　七八四

佐渡にて(二句)

秋風やいつの世よりの鬼太鼓　七八五

膳殘暑皿かずばかり竝(なら)びけり　七八六

箱根(二句)

かな〳〵やあけのこる灯の二つ三つ　七八七

かな〳〵の鈴ふる雨となりにけり　七八八

九月十四、十五兩日、氷川神社例祭

秋まつり雨ふッかけて來りけり　七八九

心にもなきことをまた秋あふぎ　七九〇

悔ありや　なし矣(や)　扇を捨てにけり　七九一

披露の席上、一人むすめによき聟とりし藤間藤子女史に

よろこびに、うるむ目、菊にかはしけり　七九二

竹賣の日なたを來るやけさの冬　七九三

傳馬町雜唱（二句）

枯萩の宿てつびんのたぎりけり　七九四

はんぺんの肌かぐはしき小春かな　七九五

箱根宮の下のホテルにて

ひきだしに聖書ひそめり枯野宿　七九六

古稀

すべては去りぬとしぐるゝ芝生みて眠る　七九七

〝銀座百点〟忘年句會にて

ほの〴〵と醉つて來りぬ木の葉髪　七九八

老殘のおでんの酒にかく溺れ　七九九

煮大根を煮かへす孤獨地獄なれ　八〇〇

ある人の告別式にて武原はん女史と同席

數珠下げていよ〳〵美女の寒さかな　八〇一

鳥逃げし枝のさゆれや年の暮　八〇二

熱海

ゆく年やしきりに岸へいどむ波　八〇三

その三

たそがれの雪の禮者となりにけり　八〇四

三月や水をわけゆく風の筋　八〇五

傳馬町雜唱（二句）

花冷えの雨にならんとしてなれず　八〇六

花冷えの閉めてしんかんたる障子　八〇七

宮薗千之女史、重要無形文化財保持者に指定さる。このこと、もう一年早かりせばと思ひしならむと、その心のうちをおしはかりて

亡き人に肩叩かれぬ衣がへ　八〇八

箱根〝松の茶屋〟にて

老鶯(らうあう)やいよ〱雨はくらけれど　八〇九

さんま焼くけむりのなかの一人かな　八一〇

〝扇の會〟に寄す

水引のうまくむすべて小春かな　八一一

突然、吉井勇危篤の報に接す。

悴みてわかき日ばかりおもふめる　八一二

京都祇園建仁寺にて、吉井勇告別式

案のごとくしぐるゝ京となりにけり　八一三

たま〳〵逢ひし人の、名をだに知らず。

時雨傘さしかけられしだけの縁　八一四

昭和三十五年十二月一日、その地にくはしき山田抄太郎君にしたがひ、名所をたづね琵琶湖畔をめぐる。

冬の虹湖の底へと退（しさ）りけり　八一五

義仲寺（二句）

——〝げにも所は、ながら山、田上山をかまへてさゞ波も寺前によせ、漕出る舟も観念の跡をのこし、云々〟と、其角の〝芭蕉翁終焉記〟にしるされたる芭蕉ゆかりのこの寺も、いまは街道筋となり、はなはだふぜいに乏し。

義仲寺のいまはむかしの冬田かな　八一六

句碑ばかりおろかに群るゝ寒さかな　八一七

このたびうつりたる住居、庭いさゝか廣し。……左に十二月より一月にかけての手びかへより……（二句）

飛石の一つ一つの寒さかな　八一八

落葉風しきりにおこる日なりけり　八一九

またしても胃潰瘍のきざしあり。田崎先生より謹愼を命ぜらる。すなはち、籠居一ト月の餘におよぶ。(三句)

鐵瓶に傾(かし)ぐくせあり冬ごもり　八二〇

また人の死んだしらせや冬ごもり　八二一

しかればや

僞書花屋日記讀む火をうづめけり　八二二

――いろ〳〵の機會に、題を課され、詠みすてたるもの、うちより……(三句)

何をよぶ海の聲ぞも毛絲編む　八二三

極月やあかつき闇のふかきさへ　八二四

すつぽんもふぐもきらひで年の暮

せつかくのお志には候へど……

その四

昭和三十六年を迎ふ

雪空となりし三日の夫婦客　八二六

——毎年の例により〝まゆ玉〟の句を案ず、巧拙を問はず。（二句）

まゆ玉に閉めてあかるき障子かな　八二七

まゆ玉やつもるうき世の塵かるく　八二八

小豆粥身(み)貧(ひん)にうまれつきしかな　八二九

春待つや萬葉、古今、新古今　八三〇

おのづと口にのぼりたる、四文字、三文字、五文字なり。

だれかどこかで何かさゝやけり春隣　八三一

病、や、快し

粉ぐすりのうぐひすいろの二月かな　八三二

節分やこゝに貧しき一ト夫婦　八三三

鎌倉にて
——久米正雄、逝きて十年

竹林にひそめる墓の餘寒かな　八二四

三月や夜半ふきおこる風の音　八二五

三月二十四日、NTV會議室にて

囀りに木洩日（こもれび）に刻（とき）うつりけり　八二六

四月十四日の夜、百花園にて本郷會の砌

おぼろ夜の一節切（たけ）一管の音なりけり　八二七

吉原仲の町會館竣工

この里におぼろふたゝび濃きならむ　八二八

風通しよし西洋の彌次郎兵衛　八三九

七月十日、藤浪の隆之君、淺草よりのもどりなりとて風鈴のつきたる鬼灯の籠持參

風鈴の四萬六千日の音　八四〇

長生きのできるわけなき浴衣かな　八四一

七月十三日

黄泉（よみ）の火をやどして切子さがりけり　八四二

〝手鏡〟の著者實花女史に寄す

しらつゆや手かゞみのみの知るなげき　八四三

病後

秋風やそのつもりなくまた眠り　八四四

ひら〳〵と飛んでわりなし秋の蝶　八四五

胃潰瘍の手術したる日よりかぞへて、はやくも今日は百五十日めなり。

ひやゝかにふたゝびえたるいのちかな　八四六

日々、起きぬけに、大堀醫院にかよひ、糖尿病の患者として、インシュリンの注射をうく。

露(つゆ)明暗あさ〳〵かよふ醫師(くすし)許(がり)　八四七

しらつゆのうつりゆく刻(とき)うつしけり　八四八

昭和三十一年、ともに中國におもむきたる三人のうちの二人、青野季吉君、宇野浩二君、吁(あゝ)いまやなし。

またあとにとりのこされし芒かな　八四九

夕富士のいろの寒さとなりにけり　八五〇

手の先のすぐによごるゝ寒さかな　八五一

年寒し銀行ばかりやたら建ち　八五二

その五

元日の句の龍之介なつかしき　八五三

しだれけり大まゆだまのおもふさま　八五四

中村時藏、急逝

夕づつのひかり身にしむ二月かな　八五五

一年（ひととせ）のまためぐり來しおぼろかな　八五六

市川海老藏、十一代目團十郎を襲名。

春がすみ團十郎といふ名かな　八五七

四月十三日

著（き）ふるせるレンコートぞも啄木忌　八五八

去る日來る日のなんぞあわたゞしき

また過ぎし一週間や櫻草　八五九

伏見醍醐寺への途上

竹の秋道山科に入りにけり　八六〇

醍醐寺にて

つきひぢの內外(うちと)の花のさかりかな　八六一

新橋演舞場五月〝遲ざくら〟

花疲れおいてきぼりにされにけり　八六二

またの名のたぬきづか春ふかきかな　八六三

六月二十九日夜文藝春秋新社にて〝同架集二〟刊行記念句會(二句)

餘命いくばくもなき晝寝むさぼれり　八六四

萬葉のむかしより草茂りけり　八六五

雲の峰あたり人かげなかりけり　八六六

高浪にのまれてさめし晝寝かな　八六七

襷かけしまゝのひるねをあはれめり　八六八

伴田英司君の結婚を祝ひて……英司君は亡き友田恭助の忘れがたみなり。

しらつゆのむつみかはしてあかるしや　八六九

ことし、わが家、あさがほの出來、はなはだよし

あさがほの咲きあふれたるうき世かな　八七〇

後の月には待宵もなく十六夜もなし

十三夜孤(ひと)りの月の澄みにけり　八七一

十月十日、白水郎逝く。

露くらく六十年の情誼絶ゆ　八七二

人に示す

また道の芒のなかとなりしかな　八七三

高橋潤の句集〝萍(うきくさ)〟の序のうちより

こしかたのゆめまぼろしの花野かな　八七四

高橋潤に示す

また逃げし運を追ふ目や冬帽子　八七五

汝もわれも凡夫の息の白きかな　八七六

熱燗やはやくも酔ひしあとねだり　八七七

ゆく年や風にあらがふ日のひかり　八七八

その六

一子の死をめぐりて（十句）

きさゝげのいかにも枯れて立てるかな　八七九

何か言へばすぐに涙の日短き　八八〇

燭（しょく）ゆるゝときおもかげの寒さかな　八八一

たましひの抜けしとはこれ、寒さかな　八八二

戒名のおぼえやすきも寒さかな　八八三

なまじよき日當りえたる寒さかな　八八四

何見ても影あぢきなき寒さかな　八八五

身に沁みてものの思へぬ寒さかな　八八六

雨凍てゝ來るものつひに來しおもひ　八八七

死んでゆくものうらやまし冬ごもり　八八八

湯豆腐やいのちのはてのうすあかり　八八九

枝々にまつはる雪のきざしかな　八九〇

雪の傘たゝむ音してまた一人　八九一

鮟鱇もわが身の業（ごふ）も煮ゆるかな　八九二

春の灯の水にしづめり一つづつ　八九三

春の灯のまたゝき合ひてつきしかな　八九四

鉛筆を削りためたる日永かな　八九五

一人〝まるたか〟にて小酌

花冷えのみつばのかくしわさびかな　八九六

花冷えの燗あつうせよ熱うせよ　八九七

花冷えの箸まなかつをむしりけり　八九八

旅　中（二句）

人の世のかなしき櫻しだれけり　八九九

世に生くるかぎりの苦ぞも蝶生る　九〇〇

あぢきなき晝(ひる)あぢきなく目刺焼け　九〇一

遮莫（さもあらばあれ）焦げすぎし目刺かな

九〇二

小唄他

箏曲

捨扇

前唄

ふと　とりいでゝ　ひらきみぬ　銀の地に紺青　古りし流水圖
水は流れて　何ごとも　むかしとなりし　せんなさよ
よしや夢　ゆめのむくろの　ふたつみつ
　手筥（てばこ）のなかの捨扇

中唄

また　とりいでゝ　ひらきみぬ
　金の地に　山ざくら
ゆふやまざくら　夕がすみ
たなびくかげに　亡き人の

おもかげみたり　ふとしもや
後唄
また　とりいで、　ひらきみぬ
あな　月一つ
　墨もて描きし　月一つ
よもやゆめ　ゆめのむくろの捨扇
かりの鳴く音の　とほきかな

（米川文子作曲）

小　唄

つるのなぞ

〽朝がほの　からみあひたる　蔓(つる)の謎(なぞ)　人にはとけぬ　神わざの
みじか夜かくは　あけしかな

（山田抄太郎作曲）

あさがほ

〽あさがほの　つぼみにやどる　星のかげ　ほいなく暮るゝ　けふの日の　なごりの空の　水あさぎ　あす咲くはなの　いろとこそ

いはぬはいふに

〽いはぬはいふに　いやまさる　逢はぬは逢ふに　いやまさる　胸の思ひは　木がくれに　咲く初花の　いぢらしい　命をかけて　ゐるといふ

（春日とよ作曲）

葛の葉

〽裏見せて　さみしき葛の　心根(こゝろね)を　知らぬとはえゝどうよくな　露をこぼして　夕風の　つよいばかりが　男かえ

（初代田村てる作曲）

お互ひに

〽お互ひに　死ぬの生きるの　いつた仲　お忘れか　梅は匂ひで
櫻は花で　いつも柳は　風次第　うらむぞえ

（山田抄太郎作曲）

凍る夜

〽凍る夜の　帯をこぼるゝ　帯上げの　朱ヶの色こそ　しんきなれ
かたおもひ

（山田抄太郎作曲）

智恵の輪

〽智恵の輪の　ちえでぬけずに　ひよつくりと　はずみでぬけし
面白さ　だからさ

（山田抄太郎作曲）

湯豆腐

〽身の冬の　とゞのつまりは　湯豆腐の　あはれ火かげん　うきかげん　月はかくれて雨となり　雨また雪となりしかな　しよせんこの世は　ひとりなり　泣くもわらふも　泣くもわらふもひとりなり

寒おすな

〽湯豆腐や　持薬の酒の　一二杯　寒おすな

（山田抄太郎作曲）

散文

文字に対する敏感

この頃の発句を作る人ほど、文字に対して敏感を欠いているものも少なかろう。

文字に対する敏感――

ここに一つの句があるとする。

その句の存在は、耳に聞く前に、まずそれが眼に訴えられるものである事を考えなければならない。

その眼にうったえられる場合、その文字を選ばない事によって、その句の持っているものを――感じをハッキリ伝えることの出来ないことが屢々(しばしば)ある。

趣向がよくってもそれはいい句とはいえない。

調子がよくってもそれはいい句とはいえない。

出来上った一句の、それを纏めている文字が、読む人の眼にどんな感じをあたえるか、果してその句の持っているものをハッキリ伝えているか、そこまで考えなければ本当ではない。

たとえば、この頃の人々がよく使う「陽」と云う文字である。

誰が使いはじめたのかは知らない。云うところの新らしい人たちのうちの誰かが、今まで使われて来た「日」と云う文字では、はっきり心もちを現わせないと考えたとき、余儀なくそれは使われたものであろう。

だが、一度それが人々の眼にふれると、いかにも新らしい発見ででもあるように、我も我もと猫も杓子も「陽」と云う字を使う。内容にふさおうが、ふさうまいが、そんな事は一向考えずに使う。

いうならば、私は、その最初に「陽」の字を使った人の心もちさえ疑われる。

古くから発句というものの季題に用いられている文字、すべて調子の低い色の薄い、ある陰影を持った文字ばかり常に並べられる間にあって、そこに使われた「陽」と云う文字が、どの位あくどく、強く、そうして濁って居るか分らない。

——けだし穿(は)きちがいである。

これを翻訳に例をとる。

それはあたかも彼(か)の、メエテルリンクの「家の内」を、「内部」と訳し、エデキントの「春の目覚め」を「春期発動」と訳し、いいと思っている手合である。

発句を作る人は誰も発句と云うものの、持っている本質、味わい、そうした事を、つねに深く考えないではいけない。

もしこの説に首肯出来ないものがあるならば、私はたやすく、その人を文字に対する敏感を欠いているものと断定すると同時に、発句を作るほんとうの資格のないものと断定することが出来る。

（「俳諧雑誌」、一九二〇年一月号）

『道芝』跋

今度「句集」を出すことになって身辺の古ノート(といってもここ四、五年のものしか残っていない)を整理した。その結果えたところ、各季を通じて七十句にみたなかった。わたしは失望した。こんなはずではなかった。――どんなにすくなくっても百句は下るまいとひそかにわたしは信じていたのだ。

いかに何でもそれだけでは「句集」にならない。どう塩梅しても一季三十句は必要である。――そう思って再びわたしは研覈(けんかく)した。で、あと辛うじて三十余句を拾いえた。――が、まだ足りない。――止むなくわたしは、かつて「三筋町より」に収めた七十余句のうちから、いまのわたしの好みに合った三十余句を抜いて、その足らずまえにあてた。

新年六句、春二十八句、夏三十六句、秋四十七句、冬三十二句。――すべてで百四十九句である。わたしの二十年にあまる俳諧生活(というのは、好んで自分に俳句をつくったり、俳句をつくる友だちと往来したり、ときに運座のようなことをやったりやられたりして来たというほどの意味である)を知っているものは、あるいはこれをみて不思議に思うかも知れない。――わらうかも知れない。――が、いまのわたしの俳句として――小説を書き、戯曲を書く片手間につくるわたしの俳句として世間に披露出来るものはこれだけである。はッきりいってこれだけである。――いえば、わたしは、この機会をもって、わたしのいままでの所産、ここに残した百四十九句以外の所産のすべてを未練なくわたしからふり捨てて悔いないつもりである。所詮はいままでの俳諧生活、わたしのその二十年にあまる俳諧生活も、いまのわたしにとっては、それはただこの百四十九句(ほんとうにすれば最初の六十余句だけ)をわたしに残させるよすがを、――その用意を、その段階を、わたしに与えてくれただけである。――ということは、いいかえれば、このさき、わたしはどこまでもこの百四十九句から出立(しゅったつ)するつもりである。そうしたわたしの願望である。――この句集以前、どこにも決してわたしの「俳句」はなかったのだ……

こういったら、あるいは人はいうだろう。

「では、お前は、お前のいままでの俳諧生活をすべて否定するのか?」

それに対して、そうしたらわたしはいうだろう。

「止むをえない……」

そうしてまたいうだろう。

「なぜなら、いままではそれだけのみとめがつかなかったから……」

……わたしが「俳句」というものをつくり覚えたそもそもは中学三年のときである。誰に手ほどきされたともなく、みよう見真似、自分にただわけもなく十七文字をつらねて満足したにすぎない。だから、外に、短歌もつくれば詩もつくった。——そのころすでに「明星」の愛読者で、晶子と泣菫にことごとく傾倒していたわたしは、どっちかといえば、俳句よりも短歌や詩のほうにより多くの愛着を感じていた。短歌や詩のことにして俳句はあまりに低俗だった。——が、こまったことに、身辺、俳句の結社はあったが、短歌の仲間、詩の友だちはどこにもなかった。——さそわれて心ならずも——文字通り心ならずもわたしは俳句をつくった。——その位だから、歌集は読んでも、詩集はあつめても、小説は買っても(小説は、わたしは、独歩と鏡花がそのころ誰よりも好きだった)俳句に関する書類は、季寄一つまんぞくに持たなかった。そもそも俳句の世界というものがどういう分野をもっているのか、どういう句風がいま流行しているのか、どこにどういうすぐれた作者がいるのか、そうしたことには一切お構いなしだった。——そのくせ「子規随筆」だの「獺祭書屋俳話」だのは、図書館で、そのずっとまえすでに読んでいたのだ……

　そのうち、そういうもののいろいろ存在することを知って興味をもち出したのが「運座」である。「運座まわり」である。それからそれみちの開けるまま、そうしてどこへ行っても自分たちの句の面白いように抜けるまま、深川の秉燭（へいしょく）会、新橋の竹馬会、牛込の行余（こうよ）会。——そうした秋声会系統のいろいろのあつまりに三、四の友達たちと理由なく毎月出席した。——そのころのおもいでを、わたしは、後に小説「ふゆぞら」のうちのある人物のうえに仮托して描いた。

　一年にあまるそうした時代をつづけたあとで、わたしは、同級の白水郎とともに、そのころ始終坂本公園の一心亭に開かれていた三田俳句会に出席した。癖三酔、江戸庵（いまの梓月（しげつ））、椿花（いまの梨葉）たちの主宰するところだった。——そこでわたしは、前記秉燭会、竹馬会、行余会等で決して感得出来なかった「運座」の澄明な空気を感得すると同時に、真実な、つつましい、しみじみした俳句の生命感に触れることが出来た。——すなわち、癖三酔によって現実をはッきり把握することを教えられ、江戸庵によって古句に親しむ美しい心もちをはぐくまれた。

　が、それよりも、それ以来、わたしの俳句に対する好尚はかたちのうえで急な変化をとげた。いままでいたずらに低迷していたわたしの俳句に対する眼は漸次落ちつきと熱意とをもって来た。——そうなると、義理にもそれまでの「秋声会」の運座に出席出来なくなったわたしは、たまたま三田俳句会で知合になった「俳諧草紙」の同人にさそわれてその発行所の例会に出席した。そうして水巴(すいは)をしり松浜(しょうひん)を知った。——間もなく、わたしは、松浜を選者にもつ「趣味」(そのころでの有数な文芸雑誌だった)の俳壇の勤勉な作者の一人になった。かれから、わたしは、かれの巧緻をつくした、戯曲的な、小説的な人事句についてまなぶところが多かった。

が、二、三年して、松浜は東京を去った。その前後にあって、わたしはかれの手から東洋城の手にうつされた。東洋城はわたしのつくる句を、蛇笏(だこつ)、余子(よし)、句之都(くしつ)、一樹、為王、そうした古い、熱心な、練達な作者たちのものと一しょに、かれが虚子から委ねられた国民新聞の俳句欄にこれを掲げた。かれはわたしの句の都会的な繊細さをことのほか喜んだ。——当時かれの仮寓は九段中坂にあった。一週間に一度あるいは二度ずつ、わたしは、必ずそこに足を運んだ。——俳句に対する心のまことのしかく日に日に磨かれて来ることの、このときほどわたしにはッきり感じられたことはない……

　二十の春から二十二の秋まで、——ということは慶應義塾普通部の五年の春から同じく大学予科二年の秋までである。——明治四十一年の三、四月ごろから四十三年の十月ごろまでである。――その二年の間にあって、わたしの俳諧生活はすすむところまですすんだ。昂騰するところまで昂騰した。飛翔するところまで飛翔した。――身を粉にくだいてわたしは精進した……

が、つまりはしかし、わたしの心はだんだん俳句から離れて行った。かつて愛読した「明星」の後身「スバル」の自然主義凋落以後における華やかな活動、「白樺」「新思潮」「三田文学」等のめざましい進出。――その前後にあって、いうところの文壇にはいたるところに新興の気がみちみちていた。若い、アムビシアスな作家はつぎからつぎおくり出された。鬱屈から起った批評家はそれからそれ撓みない示唆を与えた。――必ずしもみずから信ずるところあつくなくっても、それをみては、誰も(すこしでも文学にこころざしをもつほどのものだったら)空しく手を束ねてはいられなかった。――それには、わたしにすると、現在そのうき身をやつす「国民俳句」(国民新聞に載ることによってしか呼ばれた)のそれに根ざす「ホト、ギス」の文学、写生文及びそれに派生するいろいろの作品。――いうところの低徊趣味の文学につねにわたしは飽き足りなかった。あまりにそれは「歓楽」「すみだ川」「紅茶の後」の文学から遠かった。「自由劇場」運動の精神と相容れなかった。――すなわちわたしは俳句を捨てた。――ひたすら、小説を書き、戯曲を書いた……

いまにして思えばたわいのない話である。――が、それから五年あまり、わたしはわたしの古い記憶から逃れようとばかりつとめた。俳句のはの字も口へ出すことなしにわたしはすごした。あらたに出来たそのむきの附合のだれにもそうした時代のわたしにあったことを知らせなかった。――そのくせ、一方、以前の、そうした仲間との行きかいを決してわたしは断たなかった。――決してわたしは忘れなかった……

と、忘れもしない大正五年の秋である。ともにいまは亡き岡村柿紅と田村車前草とが、長田幹彦、服部普白、喜多村緑郎たち始終の飲友だちを語らって俳句をはじめたものである。――所詮はああでもないの洒落が嵩じてのうえの遊びには違いなかったものの、一度が二度と催しを重ねるうち、うそから出たまことに誰もみんな夢中になった。洒落が洒落でなくなった。――そうなると一人でも仲間をふやしたい人情から、手近の五、六人のものを有無なくそのなかへ引入れた――小山内薫、吉井勇とともにわたしもその一人に選ばれた。――さそわれるまま、わたしは、その何度めかの運座に出席した。

ゆくりなく、思いもよらずこのとき、以前の「恋人」にわたしは邂逅したのである。わたしたちは、ただ、微笑を取交すだけでよかった。――そうした安易な、わだかまりのない、いっそ明るい心もちで、久しぶりの、「砧」だの、「秋晴」だの、「烏瓜」だのいう季題をなつかしくわたしはとり上げた。

やがて披講となったとき柿紅はいった。

「君はすこしは翻ったことがあるね？」

その場合、わたしは、あると正直にもいえなかった。

「そんなことはない。」

と、かれは、それがくせの眼鏡をわたしに光らせていった。

「でも、ちゃんと感心に定石を知っている。」

そういうかれはかつて紫吟社の同人だったのである。

が、誰か知ろう、そのかりそめの機会がわたしと彼女とをふたたびそこに結びつけようと。——わたしと彼女のあいだの交情をもう一度よみがえらすにいたろうと。——それ以来、わたしは、その句楽会（わざとそうした卑俗な名によってそれは呼ばれた）の運座の熱心な出席者の一人にかぞえられたのである。

一年あまりのあと、句集「鵙の贄」を残して句楽会は解散した。理由はない、それぞれみんな自分たちのいとなみにいそがしくなったからである。——句楽会が止めになってもわたしの俳諧生活はしかし止めにならなかった。いえば完全にそれは再燃した。そのままわたしは一人でつくりつづけた。——「俳句」はいつか、わたしの公然晴れての

「余技」になった。

勿論そうなったとき、いかにそれがわたしの信ずる唯美主義の文学に遠かろうと、近代劇運動の精神に相容れまいと、そんなことはもうわたしにとってどうでもいいことだった。そんなことをいう必要はどこにもなかった。俳句はどこまでも俳句だった。——即興的な抒情詩、家常生活に根ざした抒情的な即興詩。——わたしにとって「俳句」はそうした以外の何ものでもありえない。——と、はッきりそうわたしにみとめがついたのである。

今朝は雨がふっている。これを書いているわたしの耳に、七、八日ぶりの、しみじみしたそのささやきが聞かれる。わたしは眼を上げた。一枚だけあけた障子のかげに遠く烟った芝生、濡れてしずかなとりどりの若葉、その若葉のかげに埋れた真っ赤ないろの躑躅(つつじ)、——それはいまがさかりの頂上である。

が、今年もいつかその時季になったのである。躑躅の咲く季節になったのである。「今年はどうしたというのだ、いつになったら春になるのだ?」と、茶の間の硝子戸のそとに枝を伸ばした梅の梢をみ上げては、いつまでもその莟の固いのを気にしたのが、ついまだ、昨日のようにしかわたしには思えないのだ。——が、それから今日まで、わずかな間に、その梅も咲いて散り、眼にみえて芝のうえの青みわたったとみると、丁子(ちょうじ)をくぐるうぐいすの高音が日毎聞かれた。——それも束の間、うらうらと晴れた空の下に、遠く本郷台の、木々にみちた町々のところどころにうかぶ花の雲のうつくしさに驚くと、つづいて木瓜(ぼけ)が咲き、山吹がらちもなく花をつけた。——渡辺町のもとのうちから、とくにそれだけうつし植えたつゆくさの芽も知らないうち全く伸びた。——と、すぐにもう躑躅が咲いた……

ありようは、わたしは、その山吹の咲かないまえ、木瓜の咲かないまえ、桜の咲かないまえ、そうして梅の咲かないまえにこの句集を出すはずだった。一月の末、すでに原稿は出来ていたのだ。それが今日までのびのびになったのは、途中で、幾たびか自分にいやきがさしたからである。強く自分に空疎さが感じられたからである。(それは自分の作を舞台に上せるときしばしばわたしに感じられる寂しさにちかい)——そばにいろいろ知慧をつける梨葉と白水郎なかったならば、あるいはわたしはこのままこれを筐底ふかく葬り去ったかも知れない。——梨葉、白水郎、ともにわたしとは二十年にあまる俳句の附合である。

この機会に、旧師東洋城へはるかにわたしはわたしの敬愛の意を表したい。果して東洋城はこのそむいた弟子のうえを何とみるだろう？——同時にわたしは、梓月、龍雨、孤軒、その他、旧筍頭会の諸兄のかわらざる友情に感謝したい……

昭和二年五月三日

日暮里の仮寓にて

(『道芝』、友善堂、一九二七年五月)

選後に

わたくしは〝劇場〟という演劇雑誌に〝四五枚づゝ〟という随筆を毎月連載しているが、その今月の分に

——〝影〟あってこその〝形〟である。

ということを書いた。

——〝影〟あってこその〝形〟……

便宜、これを、俳句の上に移して、〝影〟とは畢竟〝余情〟であるとわたくしはいいたいのである。そして、〝余情〟なくして俳句は存在しない。……俳句の生命はひとえにかかって〝余情〟にある、と重ねてわたくしはいいたいのである。すなわち、俳句の生命がその表面にだけあらわれた十七文字の働きだけで決定せらるる運命しかもたないものであるなら、こんな簡単なつまらない話はないのである。表面にあらわれた十七文字は、じつは、とりあえずの手がかりだけのことで、その句の秘密は、たとえばその十

七文字のかげにかくれた倍数の三十四文字、あるいは三倍数の五十一文字のひそかな働きにまつべきなのである。

前号〔「春燈」一九四六年三月号〕で、大町君は、わたくしが〝単純な句がつくりたくなった〟といっている旨をいった。この〝単純な〟という意味をまちがえないでほしい。わたくしのそういった意味は、表面、どこまでも単純にみえる……あくまでさりげなくとりなすという意味のことをいうので、たとえばかつての新傾向句の如く、かつての新興俳句の如く、その句のもつ十七文字の中だけで勝負をきめる散文性の安易さを嫌悪したいのである。

*　　*

わたくしは前々号で、春燈雑詠について、抒情的傾向と空想的傾向との強いことをいった。

が、その後、わたくしの云ったことが、太（はなは）だ、諸君を危険な境地へ誘いこんだことを知った。何故なら、わたくしのこう云った途端に、応募者諸君……とは限らない、一般の読者諸君にしても、つまりは〝おのれに甘えた句〟を作ればいいのだろう、と思いはじめたらしいからである。

とんでもないことである。俳句は、甘ったれたらもうそれっきりである。俳句は、途端に、その輝いた精神を失うのである。不屈の魂を、悪魔に売ることにしかならないのである。

前々号で、大町君は、〝抒情とは必ずしも感情を露出することではない〟という意味のことを云った。その通りなのである。どんな場合でも、俳句の場合、感情を露出することは罪悪なのである。

今こそ、わたくしはいうであろう。

諸君はつねに諸君に謙遜であってくれ給え。

諸君はつねに諸君の安易さに堕つるを恐れてくれ給え。

諸君はつねに諸君の言葉を惜しんでくれ給え。

内へ、内へ……これからの俳句の秘密を解き得る鍵は、ただ一つ、それだけである。

（「春燈」、一九四六年四・五月、六月号）

『草の丈』の序

昭和十七年の五月に、わたくしは、昭和二年にだした〝みちしば〟、昭和九年にだした〝もゝちどり〟、昭和十年にだした〝わかれじも〟、昭和十一年にだした〝ゆきげがは〟等に載せた句をあつめ、それをげんみつな篩(ふるい)にかけ、五百二十余句を残して、〝久保田万太郎句集〟というものを編んだ。

その後、また、わたくしは、昭和二十一年の三月に〝これやこの〟という句集を、昭和二十二年の十二月に〝春燈抄〟という句集をだした。ともに〝久保田万太郎句集〟以後における所産をあつめたもので、まえのものには二百七十句を、あとのものには三百句を、それぞれ収めた。

今年の三月、その〝春燈抄〟の三百句に、そのあとでまた出来た昭和二十六年六月までの四百句あまりを加えて、創元社から、〝冬三日月〟と名づけたものをだした。鎌倉転住以後のものを一ト纏めにしたのである。文庫版のおかげか、意外に多数の読者がえられた。その喜びが、わたくしに、それに乗じての二の矢をつがせ、〝冬三日月〟以前のものを、また、おなじ形式のもとに一トまとめにする決心をさせた。そして、出来たのが、この〝草の丈〟である。

といっても、この集、前記〝久保田万太郎句集〟の五百二十余句と、〝これやこの〟の二百七十句とを、そのまま鵜呑みにしたのではない。鵜呑みにすることが、じつは、一番簡単で、そして、最もいさくさがないのだが、それでは何か無責任な、また、不徹底なような気がする。すこしでも〝冬三日月〟の足どりに近づけようとして、わたくしは、いろいろとコマを置きかえ、思案した結果、まず以て、両方あわせての七百九十余句を、年代的に整理した。そして、それぞれのその時期に住んだ土地土地をもってそれらの括りをつけたとき、

〝浅草のころ〟(明治四十二年—大正十二年)

〝日暮里のころ〟(大正十二年十一月—昭和九年)

〝芝のころ(その一)〟(昭和九年六月—おなじく十七年)

〝芝のころ(その二)〟(昭和十七年三月—おなじく二十年十月)

という配列が、おのずからそこに生れ

味すぐるなまり豆腐や秋の風

という句で、この集、開巻することになったのである。……すなわち〝浅草のころ〟の六十余句は、この場合、ただ単なる前奏曲でしかない……と、いま、わたくしはいおう……

しかし、この整理によって、両方あわせての七百九十余句が、七百三十句に減少した。けだし、自然の数……文字通りの……であろう。

□

〝芝のころ(その二)〟の時期にあって、われわれは戦争に遭遇した。日本のたまたまもったその哀しい歩みのかげに、わたくしがどんな日を呼吸しつづけたかを、言葉ずくなに、しかし正確に、素直に、はッきりと、この時期の句はつたえている。かつて、わたくしは、わたくしのつくる俳句について、〝そのときどきのいろいろの意味における心おぼえ〟といい、〝心境小説の素に外ならない〟とさえいったが、いまにして、そのころよりも一層それが顕著になった。すくなくも、そこに詠みいでられた句のすべてが、わたくしに、戦争の誘起した時代的突風の中に、せめては〝自分〟をみ失うまいとしたわたくしのすがたをみつけさせ、たしかめさせ、そして反省させてくれたのである。あだやおろそかには思うまい。

□

この集、最後の、

十三夜はやくも枯るゝ草のあり

という句について、〝これやこの〟の後記に、

〝中野の昭和通りから東中野の駅まで行くのに、三丁ほど、焼けあとを通らねばならないのだが、その道に、ことしは露草の花がやたらに咲いた。いかにもその無心な感じが愉しかった。が、間もなくその瑠璃いろに綴られた夢も消えて、またもとの、寂しい、あいそっけのない、あたじけないけしきになった。この句はじつにその感懐にもとづい

ているのだが、ある人にこの句をみせたら、あんまり当りまえすぎるといわれた。わたくしは不平だった。が、間もなく草の枯れるということが、いままで町住居ばかりしていたわたくしにとってのとくべつの感じだったことが分った〟

としるしたあとに、

〝ところで、わたくしは、ことによると、これからさき当分、東京をはなれ、おもいもよらない海のそばに住むことになるかも知れないのである。このさき、一たい、わたくしはどうなるのだろう？

といい添えたが、その〝おもいもよらない海のそば〟というのがいまの〝鎌倉〟のことだったのである。

となると、その後、さても、一たい、わたくしはどうなったか？

十一月四日。——鎌倉材木座にうつる。白き柵めぐらせる簡素なる西洋家屋なり。

手拭もおろして冬にそなへけり

十一月五日。——海、窓の下に、手にとる如くみゆ。

ふゆしほの音の昨日をわすれよと

十一月九日。——上京、日のくれぐれに帰宅。

これやこの冬三日月の鋭きひかり

こうした句にはじまる〝冬三日月〟の世界が……生活が、つまりは、それにこたえることになったのである。

終戦後、はやくもすぎた七年の月日よ……

□

なお、〝浅草のころ〟の六十余句の中には、わずか五、六句だが、いままでどの句集にも入れたことのなかった句がひそかに混っている。いずれも二十一、二の時分につくったものである。さて、どれか？　あたったらお慰みである。

昭和二十七年八月

鎌倉材木座にて

久保田万太郎

（『草の丈』、創元社、一九五二年十一月）

解　説――やつしの美の大家　久保田万太郎

恩田侑布子

一　「歎かひ」の俳句からの旅立ち

ひとには素顔、日本語には素肌があります。その肌理のこんなにも細やかにひかりと影の涌きゆらぐ俳句が今までにあったでしょうか。

万太郎には毀誉褒貶がつきまといました。遅筆。文壇劇壇のボス。俗中の道人。強情っぱりのテレ屋。愛人と妻にいたっては南朝北朝と。なかでも同時代人からの文学的レッテルは長いこと詩人の本質を見誤らせて来たようです。友人の芥川龍之介は第一句集『道芝』を「歎かひ」の発句と評しました。小泉信三は、万太郎の墓誌銘を、浅草周辺の風物人情を描いた「日本文学に永く浅草を伝えるもの」と結びました。どちらも一面的矮小化というべきでしょう。グローバル社会において、こころの根をふかく掘り下げた文学は普遍的です。作者は失われた家郷浅草を誰よりも愛することで、逆説的にローカリズムを超えた広やかな美の地平に翔び立つことができたのです。

万太郎は中学時代から二十年余の句業をげんみつな篩にかけた『道芝』を上梓して腹をくくりました。俳句を生涯の「恋人」としたのです。本妻は、小説、随筆、紀行、劇作、戯曲翻案、脚色演出とずいぶん太っ腹でした。文壇・演劇界の重鎮となり、五十七歳で芸術院会員、六十八歳で文化勲章と文運を極めます。いっぽうで日陰のじっこんな彼女はどのように成熟していったでしょうか。

小説や劇作家としての盛名の陰りに反し、俳句は名水のように愛され、いまや歳時記に載る例句の最も多い俳人といわれています。文学は死後も成長します。江戸の面影のさす下町の抒情俳人は羽織を脱ぎ、新しいステージでやわらかに微笑んでいます。

二　いっぷう変わった文学の原体験

久保田万太郎は明治二十二年十一月七日、東京市浅草区田原町に、兄と姉の早世のため、長男として育ちました。生家は浅草寺の雷門から徒歩五分、革袋製造商の老舗「久保勘」でした。階下には十五、六人の職人が寝起きし、菖蒲革で煙草入をつくっていました。意匠を裏にも凝らした江戸由来の瀟洒な工芸品です。父は老舗の跡継ぎを期待し、進学に反対しました。親方業の運命を免れたのは本人の意志もさることながら、祖母千代の庇護のおかげでした。〝三百安いばゞア育ち〟と自嘲気味になつかしむ祖母こそ万太郎文学のミューズだったのです。「両親ありながらおばァさんの手ではじめから育てられたわたし。……何といつても、家の中で、おばァさんだけがわたしの味方だつた。さういふよりも、家の中で、おばァさんとわたしだけが別ものになつてゐた」(「妹におくる」、『久保田万太郎全集』(以下、全集)第一巻)。

祖母千代は万太郎の文学に重要な二つの意味をもちます。一つは物心つかない孫を腰巾着に、東京じゅうの芝居や寄席巡りの日々を享楽したことです。はからずも日本語のとんでもない英才教育をほどこしていたのです。万太郎の文学の原体験は物語や詩ではありませんでした。お店の旦那ことばや歌舞伎や落語に繰り広げられる多彩でコクのある「はなしことば」だったのです。同様に祖母の膝下で愛育された文豪に三島由紀夫がいます。その養育環境は祖母の隠居所という密室空間でした。万太郎は歌舞伎や落語や、浅草のあきんどや職人がゆきかう賑やかな開放空間で育ちました。文学の対照的出自といえるでしょう。

いま一つのひそやかな重大事は、最愛の祖母と直系ではなかったことです。父母は両養子で気苦労の塊でした。祖母は母の叔母。ねじれがありました。万太郎の小説や戯曲には曇天の運命に堪える登場人物が多い。その奥には作者自身の血のさびしさが揺曳していたことでしょう。逆にいえば、そうした「微哀笑」こそが、万太郎の俳句を他者にひらき、しみじみとした情のうるおいをもたらしたのかもしれません。

憂き目の多い人生でした。大正三年三月、結婚を庶幾(こいねが)った人に失恋し、傷手(いたで)も癒えない十月、田原町の生家は商売が傾いて銀行に没収。建坪三分の一の駒形の家に零落した暮れ、長唄や三味線をよくした妹はるが二十二歳で死去。同六年二月、〈温泉(ゆ)の町の磧(かはら)に盡(つ)くる夜寒かな　一四〉と、旅行嫌いが磯部まで失恋旅行。十月には祖母に死なれます。翌月盲腸炎で一ヶ月余を病臥。翌七年二月、隣家の出火から丸焼けに。翌八年、浅草の芸者梅香に恋するも、「妹をもらってほしい」と断られ、妹の京(芸名今龍)と、親と同居の結婚。大正十二年、関東大震災で再び一冊の本さえ残らず灰燼に帰しました。これを機に日暮里に親子三人水入らずの新居時代。これが唯一の安息の数年でした。昭和六年から東京中央放送局(現・NHK)の文芸課長(現・局長)に就任。でこでこの二足のわらじ生活から女性関係も乱脈に。昭和十年十一月、妻京が、満十四歳の耕一を残して服薬自殺。一ヶ月後に銀座の女給黒木はるが庶子佳子を出産。本人は「でたらめ地獄」と。同二十年三月、東京大空襲で長年のプラトニッククラブの名妓いく代(西村あい)が吉原で焼死。悼句〈花曇かるく一ぜん食べにけり　二七〇〉。五月、芝に引っ越したばかりの新居が空襲で三度目の全焼。翌二十一年十二月、五十七歳で魔がさし、三十三歳のきみと再婚。

たちまち〈うとましや聲高妻(こわだかづま)も梅雨寒も　五八〇〉と詠む破目に。三十二年、一人っ子の耕一が病死。逆縁を見ます。同年、〈連翹やかくれ住むとにあらねども　六九六〉と元吉原の名妓三隅一子(みすみかずこ)の赤坂の家にころがりこみます。万太郎六十七歳、一子五十七歳。六畳二間きり、玄関の二畳と台所、風呂場しかない小さな家から、三十五年十一月、ややましな赤坂福吉町に転居。女性から尽くされる人生初めての幸せを味わった最後の恋は短く、二年後に一子急死。半年後、梅原龍三郎邸の美食会に招かれ、鮪の刺身もうけつけない〈すつぽんもふぐもきらひで年の暮　八三五〉の男が、赤貝の鮨を板前に出されて誤嚥。ひと目を気遣い吐き出さず、廊下から手洗へ行く途中、卒倒。九センチ長の赤貝が気管分岐部を塞いだ急性窒息死と解剖医。大正・昭和の文壇・劇壇に一時代を築いた文名とはうらはらに、実家が銀行の手に渡って以降、流寓の漂泊生活でした。

三　俳句の師からの陶冶

万太郎は若くして文学に身をもちくずしました。現・両国高校に入るや、級友が相撲をとって遊ぶ間も小説を耽読し、〈幾何は好き代數はいや浮寝鳥　三〇七〉で、数学で落第。「そんな学校にゐるのはいやだから、慶應義塾の普通部に転じ」(「明治二十二年―昭和三十三年……」、全集第十五巻)ます。十九歳で初体験した運座が、正岡子規の「日本派」の平明な写生句の対抗勢力、硯友社系の流れをくむ「秋声会」系だったことは銘記すべきです。「三田俳句会」で岡本癖三酔・籾山梓月(江戸庵)の影響を受け、岡本松浜のみちびきで「国民俳壇」の選者松根東洋城に師事します。

十八の春から翌々秋まで、「わたしの俳諧生活はすすむところまですすんだ。昂騰するところまで昂騰した。飛翔するところまで飛翔した。——身を粉にくだいてわたしは精進した」(「『道芝』跋」)と振り返ります。ふかい薫陶を受けた三俳人をみましょう。

○籾山梓月(江戸庵)(一八七八—一九五八)は高浜虚子から俳書堂を譲り受けて籾山書店を経営し、文壇・俳壇に貢献しました。なかでも永井荷風と二人三脚での文芸雑誌「文明」や、傘雨(大正五年頃からの万太郎の俳号)時代の万太郎を編集顧問として俳句総合誌の魁、「俳諧雑誌」を刊行したことは特筆されます。

をりにふれたる

何事も堪忍したる寒さかな　大正五年(『冬鶯』)　梓月

梨葉亭の会に人々「浮いて来い」といへる玩具をほくによみはべりけるほどわれも

ういてこいの浮いて来さうな水沫かな　大正六年(〃)

鎌倉塔の辻なる借宅にとなりせる家主木下氏の方にて

かまきりの袖につきけり萩の庭　大正十一年（〃）

永井荷風の「雨瀟瀟」の主人公のモデルといわれる日本橋生まれの通人は、連句をよくし古俳諧に親しみ、四十代で鎌倉寿福寺の境内に隠栖しました。粋でほそみの江戸前の俳風に、「古句に親しむ美しい心もちをはぐくまれた」（右跋）と述懐しています。前書きと句の一体感と、ひらがなを多用するやわらかみに影響がしのばれます。

○岡本松浜（一八七九―一九三九）は、「趣味」の選者で、虚子が小説家を志し、俳句を留守にしていた時代に、「ホトトギス」編集を任された苦労人です。人事句の妙手と謳われ、数年の在京中は俳諧と酒色に溺れ、露地奥で零落の生涯を送りました。

一人湯に行けば一人や秋の暮　明治四十年前後　松浜

やすらへば手の冷たさや花の中　昭和元―六年

がゞんぼを吹けば飛ぶなり形代も　昭和元―六年

「かれの巧緻をつくした、戯曲的な、小説的な人事句についてまなぶところが多かった」（右跋）と著すように、俳句の機微、とくに艶冶（えんや）な省略の手法から受けた影響の大きさは注目に値しましょう。

梓月、松浜から江戸中期の俳諧にも親炙し、炭太祇の〈吹はれてまたふる空や春の雪〉〈それ〴〵の星あらはる、さむさ哉〉や、加舎白雄の〈人恋し灯ともしころをさくらちる〉などにも詩嚢を肥やしました。

◯松根東洋城(一八七八—一九六四)は明治四十一年に虚子から、河東碧梧桐の新傾向運動と俳壇を二分する勢力の「国民俳壇」選者を譲られました。ところが大正五年、小説から舞い戻った虚子に選者を奪還されます。万太郎は東洋城の選者時代に師事し、暮雨の号で小杉余子、野村喜舟、尾崎迷堂、飯田蛇笏、原月舟らと競作時代を画しました。

黛を濃うせよ草は芳しき　明治三十九年　東洋城

躑躅見や美人が喉の渇きやう　大正四年

荒海の佐渡ヶ島なる青田かな　大正九年

その時幾十万人死にしを知らず蜻蛉かな　(関東大震災)　大正十二年

東洋城が著した『俳諧道』は俳諧箴言集ともいうべき骨太の書です。万太郎が『道芝』跋文に「旧師東洋城へはるかにわたしはわたしの敬愛の意を表したい」としるした底意にはこの俳句道への拈華微笑があったことでしょう。

・毎に　一命に替うるも惜しからじ、と思ふほどならずば　その一句を作すなかれ
・頭　詩雲の九天にいそいで　足　事実の大地を忘るべからず
・畢竟「俳諧」とは「情の悟道」である。
・細やかは絹漉・豊かは溢れ温泉――情を句底に籠め。
・気・秋気の如く、情・春情の如く、澄み且濃く。

（『俳諧道』渋柿社、昭和十三年）

わずかな抄出からも、青年万太郎への薫陶の大きさがしのばれます。万太郎は東洋城のこころざしの最も良き実践者になったのです。

小説や劇作の多忙を縫って句会に出ました。泉鏡花を中心にした「九九九会」（水上滝太郎、里見弴、岡田三郎助夫妻、鏑木清方、小村雪岱、三宅正太郎）や、「いとう句会」（久米正雄、高田保、徳川夢声、堀内敬三、小島政二郎等に、ゲスト俳人富安風生、水原秋桜子、中村汀女）は、万太郎の失われたふるさと浅草の疑似共同体でもあったことでしょう。昭和二十一年安住敦等の懇請で「春燈」を創刊主宰。鈴木真砂女等、多彩な俳人を輩出しました。

四　文学の豊穣期に長じて

万太郎は早熟でした。明治四十四年、「三田文学」に満二十一歳で発表した処女小説「朝顔」が「朝日新聞」紙上で小宮豊隆の激賞を浴び、一朝にして文壇にデビューします。その一節、「軒端にみえる夏の夕空が水のやうに澄んで、その藍色の薄明りに、蚊柱がほそ〲と立つてゐる」(全集第一巻)をみるだけで、いかにひかりの微妙なうつろいに敏感であるかがわかります。空や風のけはいをとらえる描写はそのまま俳句の内容です。早くも処女作に万太郎の「けはいの文学」が立ち顕れています。

デビュー当時は「スバル」「白樺」「新思潮」に刺戟されました(「明治四十四、五年」、全集第十巻)。なかでも「スバル」の北原白秋は、詩は人間味や生命の燃焼を、短歌は「捉へがたき感覚感情の陰影を歌ふ」(「翻刻新版あとがき」、『桐の花』、昭和八年翻刻新版)といいました。短歌を俳句に変えれば万太郎になります。明治後半から大正は文学の豊穣期でした。樋口一葉・島崎藤村・泉鏡花・国木田独歩・与謝野晶子・永井荷風・谷崎潤一郎・鈴木三重吉・薄田泣菫(すすきだきゅうきん)・蒲原有明(かんばらありあけ)・高村光太郎等、同時代の息吹もぞんぶんに享(う)けました。

鍾愛(しょうあい)の三絶は鏡花の「歌行燈」、一葉の「たけくらべ」、荷風の「すみだ川」でした。

二十四歳で鏡花の住む麴町の二階を訪ね、四十九歳で「歌行燈」を戯曲化し、六十五歳で〈獺に燈（ひ）をぬすまれて明易き　三五〉を得、終生鏡花を敬慕しました。一葉の「たけくらべ」を講演会で諳んじた話は有名です。「わたしは、わたしのうちに眠つてゐた限りない「寂寥」のわりなく眼ざめたのを知つた」(「学童日誌」と「小公子」と「一葉全集」と」、全集第十巻)といいます。「寂寥」は万太郎文学の詩脈です。荷風については、慶應の二年に進級する年に荷風が文学科教授に就任し「三田文学」を創刊しなければ自分は文筆の道に進まなかったと憧憬のつよさを語ります。万太郎は一葉・鏡花・荷風と続く唯美主義の系譜の作家です。

五　俳句の好敵手

四歳上の飯田蛇笏は「国民俳壇」時代からの万太郎の好敵手であり、近代俳句史において、好対照の双璧です。万太郎は繊細優美な情調をふくよかなやまとことばでなだらかに表現する和文脈の横綱。蛇笏は高揚した詩魂を迫力ある切れに屹立させる漢文脈の横綱です。

前者は漂泊者として、後者は定住者としての生を全うしました。共通するのはどちらも生の深みから出た大人の文学であることです。万太郎は蛇笏の才能を認め、川端康成の「千羽鶴」の翻案劇（全集第八巻）で、原作にない蛇笏の芥川への悼句を主人公菊治にいわせています。「たましひのたとへば秋の蛍かな。……あゝ、まだとんでゐる。……」。川端、蛇笏、芥川の文学への渾然一体となった敬仰は「気・秋気の如く、情・春情の如く、澄み且濃く」のあの東洋城の『俳諧道』そのものです。

ちなみに作者は一葉の「十三夜」（全集第八巻）でも、芭蕉の〈しらつゆをこぼさぬ萩のうねりかな〉を、「……こぼれようと思へば露はいつでもこぼれる。……」と、父が娘をなだめる場面の科白に換骨奪胎しています。万太郎にとって、俳句・小説・戯曲は同じ文学の地平にあり、いじましく土俵を住み分けるものではなかったのです。

六　水の変化（へんげ）としない

では、いよいよ作品とその特徴をみてみましょう。万太郎は水の詩人です。

　秋風や水に落ちたる空のいろ　　二九　三十三歳

　したゝかに水をうちたる夕ざくら　　三八　三十六歳

「秋風や」の大震災後の虚脱感、「したゝかに」のほそみのツヤをはじめ、水の変化（へんげ）はそのまま情（こころ）の千変万化です。水は、雨に、川に、雪に、ときには豆腐に身をやつします。

まずは、けはいをそこに在らしめる、やまとことばの名匠たる一句から。

双六の賽に雪の氣かよひけり　六九　三十八—四十五歳

新年の双六に興じる子どもたちの歓声のなかに、しいんと雪催いの空がしのび寄っています。あざなえる運命のゆくえがさいころの小さな目に息を凝らすけはい。「氣」の一字が絶品です。どこか空おそろしい雪の「氣」こそ、わたしたちのいのちの根源かもしれません。

水にまだあをぞらのこるしぐれかな　五八七　六十三歳

さあっと背後から降りこむ時雨に、水面に映る雲間の空がたまゆら青くすき透ります。本歌は〈世にふるもさらに宗祇のやどり哉　芭蕉〉、〈世にふるもさらにしぐれの宿りかな　宗祇〉、〈雲はなほ定めある世の時雨かな　心敬〉と、まっすぐ中世まで遡れます。さりながら水という虚の鏡にゆらぐしぐれは、「世」や「宿り」や「定め」といった抹香臭さからすっかり開放されています。そこに澄明なはなやぎと寂寥がにじみます。口遊むたびに水のこころが燻ゆる一炷の香のような俳句です。

水百態はピアニシモも、フォルテも奏でます。

波あをきかたへと花は遁(のが)るべく　四五三　五十九歳

神秘的弱音です。花と波のいちめんの精美の底に、定家の〈いかにして風のつらさを忘れなむ桜にあらぬさくらたづねて〉の懊悩がこもるようです。作者は十六歳で中学の同人誌「さきくさ」に暮雨の号で、〈世を咀(のろ)ふうらぶれの子の歌とあれて夕(ゆふべ)さはがし木枯の風〉〈ねやもとむ漂泊人のうしろより暗黒(やみ)はせまりて星夢のごと〉と新古今調の歌を発表しました。この青春性を湛えた歌人的パトスは終生老いを知りませんでした。極小の定型に美しい青竹がしなう弾性は、悼句にさえ鮮烈なみずみずしさをほとばしらせます。

夏じほの音たかく訃のいたりけり　四六九　五十九歳

不世出の俳優六世尾上菊五郎への深悼です。異才の思いもよらぬ訃報は、にわかに真夏の青海原となって昂まり、長刀が抉ったかのなめらかな紺碧の腹を見せたかと思うや、大波となって砕け、四囲に獅子吼(ししく)がこだまします。生と死が一つになった日盛りの轟き。

万太郎の俳句の魅力は、感情と季物のあいだに寸分の隙もない呼吸にあります。詠嘆を引き受けつつ客観視する、柳に風のつよさ、しないいがあります。短歌的抒情を俳句の平常心で止揚したこの独自のしないがあればこそ、千数百年の日本の詩歌の抒情を俳句という定型に注ぎこむことができたのでした。

冬の虹湖の底へと退り（しさり）けり　八一五　七十歳

遠からず来る死を静かに見据える、古稀を迎えたまなこです。「退りけり」の決然たる切れは二度と帰らぬなつかしい衣（きぬ）ずれでしょうか。流れのない水底に冬虹は鎮まり消えてゆきます。

水の百態をとらえる繊細な感性の奥には何があるのでしょうか。西行、雪舟、芭蕉、北斎の積極的漂泊に対して、万太郎を受身の漂泊者といってみたい気がします。そこにうたかたの美にたゆたう春の雪のような詩が生まれたのだと。

七　新しみへの挑戦

万太郎は表現の開拓にも果敢に挑戦しました。

いづれのおほんときにや日永かな　五三一　六十一歳

割りばしをわるしづこゝろきうりもみ　六六九　六十六歳

ふくよかなおかしみさえ添えて古語や古文を自在に駆使しながら、一方では俳句の定石である省略を極限まですすめ、独自の地平を拓きました。

枯野はも縁の下までつゞきをり　一三六　四十七—四十九歳

名月のたかゞふけてしまひけり　一九三　五十二歳

「枯野はも」は、芭蕉の〈旅に病(やん)で夢は枯野をかけ廻(めぐ)る〉の本句取りです。「かけ廻る必要はない。枯野は疾(と)うにわが家の縁の下まで入り込み続いているのだから」と微哀笑をもらします。古語「はも」のため息は枯野に一点のうす紅みをさして息づきます。「名月」は天心に錐揉み状に高まる、芭蕉のいう「黄金(こがね)を打ち延べたる様(よう)」な句です。こうした洗練の極みの省略は、日本の生活文化にみられる障子や飛石や四つ目垣などの簡素な美に通います。なにもない能舞台で、夢幻能のシテの白足袋が踏むのが地獄でもあり、愛の陶酔でもあるように、万太郎のミニマムな俳句の余白には、西洋のエンプティではなく、ふしぎな艶冶がひそみます。これは二十世紀の俳句が到達したミニマルアート・ジャポンといってみることができるでしょう。

新手法の開拓は尽きません。

仰山に猫ゐやはるわ春灯　　五五六　六十二歳

セルの肩　月のひかりにこたへけり　　七七八　六十九歳

「仰山に」「ゐやはるわ」という京言葉が秀逸。たちどころに春宵のはなやぎが現前します。「セルの肩」の斬新な一マス空けは、薄着の肩にのる夏の月の涼しさそのものです。冒険はまだまだ。

忍、空巣、すり、掻ッぱらひ、花曇　　六三〇　六十五歳

薄暮、微雨、而して薔薇しろきかな　　七四〇　六十九歳

名詞を次々に読点でつなぐ手法の魁です。ひとの間隙をうかがう盗みのあれこれのあとに「花曇」を置き、にわかに俗世のしどけない悲喜劇が展開します。「薄暮」はフランス象徴詩に漢文調の「而して」を配合した瞬間劇のような新しみ。

花すぎの風のつのるにまかせけり　　二〇六　五十三歳

この句につけられた『海潮音』の詩「わすれなぐさ」は、もはや前書きを超え、コラボともいうべき俳句の新様式です。あいかたは、俗謡、江戸の座敷歌、落語、禅語、軍

歌と、なんでも来いでした。

パンにバタたつぷりつけて春惜む　一八七　五十二歳

聖蹟はすなはち廢墟雲の峰　五三四　六十一歳

永遠の都しづもる西日かな　五三六　六十一歳

昭和初期にはまだ珍しかった海外詠です。青年期までは旅嫌いで江戸情調に沈湎(ちんめん)した「歎かひ」の俳人は自己を更新しました。はしりの海外詠は文明洞察へと深まり、すでに古典の風格をたたえています。

八　つのだてない批評精神

詩と批評精神(クリティシズム)は一枚です。戦時中は日本文学報国会の劇文学部幹事長でしたが、国策俳句らしきものは一句もつくっていません。猖獗(しょうけつ)を極める空襲下でも、折口信夫と歌仙を巻き、たじろがぬ詩魂をみせます。生涯、俳句の伝統や新興の「陣営」に関わることもありませんでした。

詩人思想家の鶴見俊輔は、新しい認識は星雲のような感情のなかに座を持つといいました。戦争中、「インテリ学者の大部分が勝つ見込みのない戦争を信じてしまった」のは自分のおかれた環境と感情のなかに思想の座をもたなかったからで、戦争中に自分を一貫して支え得た人はインテリではなく、つよい詩人的ヴィジョンを持つ人であったというのです(鶴見俊輔座談『思想とは何だろうか』、晶文社、一九九六年)。万太郎の文業を考えるうえで非常に示唆に富む観点です。万太郎は戦時下の昭和十九年にもしぶい反戦句を詠みました。

かんざしの目方はかるや年の暮　二六一　五十五歳
うちてしやまむうちてしやまむ心凍つ　二六六　五十五歳

「かんざし」ほどのわずかな銀を庶民から供出させるようでは年が越せても敗色は濃い。さびしさの中のまっとうな批評精神です。「うちてしやまむうちてしやまむ」の軍国主義のスローガンの陰に「心凍つ」を隠すように置きます。発表は昭和二十一年三月(句集『これやこの』)とはいえ、万太郎はコスモポリタンでした。

あさがほのはつのつぼみや原爆忌　七〇九　六十七歳
年寒し銀行ばかりやたら建ち　八三二　七十二歳

「あさがほ」は庭の初ものの莟に、原爆に溶けた少女のいのちがふっと重なり、思わず目を瞑(つむ)ります。「年寒し」は万太郎の新造季語です。年の暮れの滅法な寒さは金勘定の銀行ばかりが都会の顔になってゆくからだよ。つのだてない文明批評に和風の渋みがあります。

九　恋の名花

何といっても万太郎は恋句の名手です。近代俳句の創始者正岡子規は地方没落士族の出身で、恋や相聞は二十歳で死病にとりつかれた書生俳句の埒外のものでした。虚子の客観写生は、〈これよりは恋や事業や水温む〉のスローガンや〈虹立ちて忽ち君の在る如し〉の衆目公開劇にはなっても、日本文学を脈々とうるおしてきた相聞のエロスとは無縁でした。主観を露わにしない訓導は「ホトトギス」を中心に、情念というものをおよそ淡泊にしました。恋の歌は古来、世界中の抒情詩の中心主題です。日本の近代俳句にすっぽりと生じたこの空白地帯に、万太郎の恋の句は長(た)け高く咲きほこります。

さる方にさる人すめるおぼろかな　七四　四十六歳
しら梅かあらずしらたまつばき汝(なれ)　一〇九　四十七―四十八歳
香(か)水の香のそこはかとなき嘆き　五六五　六十三歳

「さる方に」は、源氏物語のなかに招かれるよう。雲雨（うんう）の情が薫ります。「しら梅か」は、助動詞「なり」の已然形に「汝（なれ）」を掛けたお茶目でいなせな恋の告白。「香水の香」は、句跨りのリズムによってなまめかしい女身を幻出させます。百花繚乱の恋句のなかで、〈わが胸にすむ人ひとり冬の梅　三三八〉と双璧の縹渺（ひょうびょう）たる名品はこれでしょう。

ゆめにみし人のおとろへ芙蓉咲く　二五〇　五十四歳

忘れがたい人とのゆくりない再会です。はにかんだ会釈に、あろうことかやつれが仄（ほの）みえ。時間は深い河のようです。「おとろへ」のあとに妙（たえ）なる余白があります。生涯の情熱を傾けた女（ひと）。いまもありありと胸に咲き誇る薄い繊細なはなびら。初秋の空にゆらめく芙蓉。大輪の花はあのときわらったあなた。女になりかかった頰と、長い情念と、星霜にすすがれた肌。芙蓉はかすかに変幻します。そのさらに奥処（おくが）に、古淡にして清澄な情（こころ）の花が咲きほこるのです。

本句集の凄味は、晩年に生涯最高の女性と同棲し、数年で急逝され、五ヶ月後あとを追うように事故死する劇的な終幕に加え、ふつうなら衰えるはずの頽齢期の句作が、生涯のピークを画すことにあります。

燭ゆる、ときおもかげの寒さかな　八八一　七十三歳(卒年)
死んでゆくものうらやまし冬ごもり　八八八　〃

愛と死が一つになった絶唱です。「燭ゆる、」は、「幽霊になっても来なさいよ」とつぶやくそばから身震いする寒さ。二句目はただただ一緒に死にたかったと一切を放下して声もありません。

十　古今独歩のやつしの美

ところで、日本文化にはおもしろい現象があります。詩歌は万葉集以降、古今、新古今はもとより、連歌、俳諧、狂歌においても盛んに「本歌取り」が行われて来ました。この文学の伝統は美術にも広く「見立て」を生んでゆきます。中国の瀟湘八景を見立てた「近江八景図」は有名です。見立ては画題のヴァリエーションを広げ「鳥獣戯画」にみられるように有情へもひろがります。時間軸へも手を伸ばし、禅宗の祖師達磨は、浮世絵師春信によって、「芦葉達磨」の画題のもと、紅絹に身を包んだ遊女となって春水を下ります。見立ては時空を異にするもの同士をひびかせます。

こうした文化にうるおった土壌から、さらなる美的趣味が生まれました。それが「やつしの美」です。代表的なそれは、歌舞伎の和事のやさ男でしょう。じつは見立てとやつしは相補関係にあります。春信の得意とした見立て絵は逆からみればやつし絵です。万太郎はこうした江戸中期からの自在な文化に「浅草といふ土地がらの底にひそんだ貴族性」(「浅草の生れ」、全集第十五巻)を見ていたフシがあります。万太郎の俳句芸術の真髄にはこの「やつしの美」が流れているのです。

感覚の鋭い万太郎は二十歳で荷風の「すみだ川」に、滅びゆくやつしの美を感じ、「汚い瓦屋根」の描写を偏愛しました。荷風は廃滅の美、万太郎は衰滅の美です。荷風には泰西のデカダンスの濃い残り香があり、根底に自己を流竄(るざん)の近代知識人とする矜持があります。かたや、あきんどの子万太郎にとくだんのプライドはありません。はかなさの美を身上とするういういしい日本的感性です。

一葉の「たけくらべ」を愛惜したのも美登利の純真に打たれたからでした。やつしのみなもとの貴種流離譚には無垢な少年が微笑んでいます。そこから万太郎の清澄な俳句が生まれました。みちばたの「草の丈」に身をやつし、なつかしいふるさとから「流寓」し、俳句表現史上に「やつしの美」をひらいたのです。万太郎の糸屑のような色紙の字も、〈茶の花におのれ生れし日なりけり　四三　五十九歳〉の奥ゆかしさ。やつしの美学そのものです。

そもそも『草の丈』一巻が「やつし」に幕を開けていたではありませんか。

新参(しんざん)の身にあか〳〵と灯りけり　　一　三十三歳

春の季語「新参」は、いまなら新入社員。親方の家で初めてむかえた丁稚(でっち)小僧の日暮れです。実家を出て永い一日が暮れ、店にあかあかと灯の点った瞬間です。古参たちの落ち着いた目線に、すりへった袖口やほつれた襟が照らし出されるいたたまれなさ。一方、あたたかな調べはうち側から句を雪洞(ぼんぼり)のように灯し、うぶなときめきも匂います。夕闇のかなたにはおっかさんが小魚を煮る醬油の香が流れていることでしょう。老舗「久保勘」の親方の子が、小僧に身をやつし思いやっています。やつしは技巧ではありません。うそもかくしもないところからにじみ出るものです。

ふりしきる雨はかなむや櫻餅　　三　三十三―三十七歳

吉原のある日つゆけき蜻蛉かな　　三四　三十五歳

言上すうき世の秋のくさ〴〵を　　四三　五十八歳

たよるとはたよらるゝとは芒かな　　七五　六十七歳

桜餅、蜻蛉、八千草、芒……。やつされたものにそぞろに思いをはせることも万太郎を味わう醍醐味です。桜餅や蜻蛉がうら若い芸妓だったり、秋草が庶民だったり、やつしにはなり変わり合うぬくもりがあります。やつしは脱力したひらがなを好みます。

竹馬やいろはにほへとちりぐ〳〵に　二六　三十六歳

冬虹のようなグラデーションが一句から立ちゆらぎます。あるときは竹馬に乗ってはしゃいでいた子どもらが、冬の日暮れに帰ってゆくところ。あるときは竹馬(ちくば)の友の顔が浮かび、どうしているだろうと懐旧にさそわれます。作者の愛してやまない「たけくらべ」の美登利たちの下駄音まで聴こえそう。小学一年の「かきかた」教本には、いろはにほへとが散らばっていました。本歌は「色はにほへど散りぬるを、わが世たれぞ常ならむ」のいろは歌かと思うと、耳底には広瀬武夫中佐作詞の「いろはにほへとちりぢりに、打ち破らむは今なるぞ……」の軍歌まで遠く聞こえます。日清、日露、大逆事件の明治を振り返れば、みんなちりぢり。

こんこんとイメージが涌くのは、やつしの美に貫かれているからです。「竹馬」にやつされたもろもろ、「いろはにほへと」にやつされたもろもろが、ゆらぐ虹を架けます。なり変わり合うやつしの美は、愛唱性に富むリズムと、ショートビデオさながらの視覚上の変化と相まって清らかな抒情を奏でます。近代俳句の神品といっていいでしょう。

時計屋の時計春の夜どれがほんと　一四五　四十八―五十二歳

朧夜の時計屋です。「どれがほんと」に童心が息づきます。おばアさん子の作者は少年の心を終生隠し持っていました。春の夜が店の壁じゅうの時計にSF的に身をやつしています。ずれた短針、長針に、世界のひとの数だけ春宵は刻まれて。「どれがほんと」と問いかけながら、「どれもほんとさ」と、にっこりうなずく少年がいます。

湯豆腐やいのちのはてのうすあかり　八八九　七十三歳

「わたくしの、冬から春へかけてのよろこびの一つは、鍋をつかってのいろ〳〵の料理にしたたしみうることである。……とりわけ、よせなべの、しらたき、慈姑、ぎんなん、貝ばしら、ちくわ、あひ鴨。……さうしたもの丶一つ〳〵に感じられる箸のさきの愛着。……」（「よせなべ」、全集第十一巻）と楽しげに書いた鍋好きは、いまや人生行路の最果てにたどり着きました。白いやわらかな湯気が立って、四角い豆腐が、土鍋の底にほろっと稜をふるわせます。出昆布を敷いた湯のなかにかげともつかぬ翳がゆらめきます。なぜか、いつもの人がいません。柚子や生姜や葱の細やかな薬味を揃え「ちょうどいいわ」と声をかけてくれる人が。自分より十一も若い人が掻き消えてしまいました。七十三歳の鰥の哀しみは、〈來る花も來る花も菊のみぞれつゝ　九四〉と最初の妻の自死への慚愧のみぞれでもなければ、〈尋めゆけどゆけどせんなし五月闇　七〇三〉と、一人息子の逆縁を嘆く暗黒でもありません。色の抜け落ちたしらじらとした薄あかりに投げ出されてしまいました。幽明の境にほほえみのようにゆれる湯豆腐こそ、作者のいのちのはてのやつしです。ふるえる湯豆腐に身をやつしているのは万太郎と一子の老境の恋、その哀亡のすがたです。こうぞ紙の耳をおもわせる純白の空気にひたされた終焉です。

鮟鱇もわが身の業も煮ゆるかな　八九二　七十三歳(卒年)

本妻と離婚もできず、たのみの愛人に急逝された落魄の冬。自己洞察の眼がおのれをグロテスクなあんこうに見立て、しかも煮詰まっていく姿に身をやつします。あんこうの黒いヒレや肝と一緒に、わが生涯の業も煮つまることだ。コウ、ゴウの音が地獄の劫火のよう。慚愧のみごとな諧謔です。ここまで身をやつせた俳人を知りません。天晴な俳人の生の全うです。

蕪村を写生の雄ととらえて近代俳句を出発させたところに、子規の「書生俳句」の限界がありました。写生は月並宗匠の陳腐さを払拭できても、上古から日本文学が受け継いできた花の香りを、とくに相聞と挽歌にこめられた感情の深淵と優艶な文辞の伝統を、指の間からはらはらとこぼしました。弟子の虚子の「花鳥諷詠」「客観写生」は四季に随順する観照者にとどまる生のありかたでした。

万太郎は子規や虚子とは別の新たな道を歩みました。身をやつして季物にもぐりこみ、桜餅や蜻蛉や鮟鱇になり変わったのです。俳句のやつしは見立てや擬人化を超えて、自分自身が小僧に、たいこもちに、湯豆腐になることです。目線も腰も低めることです。矜持もプライドもなく、市井のことばなき人々とともにいることです。青年芥川が名付けた「歎かひ」の俳人は、やつしの俳人、やつしの美の大家になったのです。

十一　リバーシブルのよろこび

万太郎一代の精華は俳句です。その小説や戯曲には、登場人物が思いの余りことばにつまる「……。」が頻出します。編集者たちから「雨垂れ文学」と仇名された登場人物のいうにいえぬ心奥の独白。その上澄みを醗酵させたものが万太郎の俳句です。

芥川の嫌った奸物の俳人と違い、万太郎は天性の詩人でした。戦時中も詩的ヴィジョンを保持し、散文創作との緊張関係の中で俳句を成熟させてゆきました。「俳句は浮ぶものです」を口癖としたのは、小手先の「芸」ではなかったからです。桂文楽に「身體(からだ)全部で落語をやるんだ」(「落語及び落語家」、全集第十一巻)と励ましたのは、みずからが身體（からだ）全部で俳句をやったからです。

今世紀は第三次世界大戦ともいうべきデジタル戦争に突入しています。わたしたちは生活の大半を無味無臭の電子画面に移し、風土やひと肌のぬくもりを忘れかけています。つるつるとっかかりのないところに滑り込んで、死さえもが、デジタル会議をワンクリックで退場するような、ただの消去と化してゆくようです。

万太郎の俳句にはものの風合いとうるおいがあります。アナログは雑音をひろうのではなく、けはいをまとうことでした。それは芥川の〈水涕や鼻の先だけ暮れ残る〉近代の個我の俳句ではありません。近代に全身で抗したひとの俳句です。そこには桜餅やつゆけき蜻蛉や芒に身をやつすやさしさがあります。

万太郎は俳句という桶から俳句を汲んだのではありません。千三百年の日本詩歌のこんこんと涌く文学の泉から俳句を汲んだのです。あらゆるものとなり変わるやつしの美は、ことばを記号や情報と化し、人間を断片化する近代を超える可能性をひめています（拙著『興の俳句　渾沌の恋人（ラマン）』近刊）。

生涯の八千百余句から精選した本句集九百二句はすべて生絹（すずし）の肌合い。やまとことばの絖（ぬめ）のようなしらべの句群は、精緻な芸に裏打ちされて自然そのものです。生家「久保勘」の暖簾がもとめた江戸職人の意気にかけた匠のわざを、万太郎は俳句で実現しました。一句ずつが余情ゆたかな噴井であり、全体は変化に富んだ絵巻物です。

本句集はリバーシブルです。表は珠玉句を一粒ずつあじわう楽しみ。裏は、万太郎のいのちの一筆書きをたどる〝俳句小説〟の愉悦。これは和文脈の粋による文学のサンクチュアリです。

略年譜

明治二十二(一八八九)年
11月7日　東京市浅草区田原町(現・台東区)に生まれる。父は勘五郎、母はふさ、家は、祖父萬蔵の代より袋物製造商を営んでいた。

明治三十六(一九〇三)年　13歳(※11月7日の誕生日までの満年齢。以下準ず)
4月　府立第三中学校(現・両国高校)に入学し文学書を耽読。二学年下に芥川龍之介。

明治三十九(一九〇六)年　16歳
慶應義塾普通部に転校。俳句をつくり始める。暮雨と号す。

明治四十二(一九〇九)年　19歳
大学予科に進む。大場白水郎と運座を廻る。「三田俳句会」を経て、松根東洋城に師事。

明治四十三(一九一〇)年　20歳
永井荷風が、文科の教授に着任。作家を志す。俳句からは遠ざかる。

明治四十四(一九一一)年　21歳
小説「朝顔」、戯曲「遊戯」「Prologue」で、新進作家として一躍文壇にデビュー。

大正三(一九一四)年　24歳
10月　生家が銀行の手に渡り同区駒形に転居。12月　妹はる死去。
大正五(一九一六)年　26歳
小山内薫、吉井勇らと、「句楽会」の運座に加わり、傘雨の号で句作を再開。
大正六(一九一七)年　27歳
8月　小説「末枯」。10月　祖母千代死去。
大正八(一九一九)年　29歳
6月　もと浅草の芸者「今龍」こと大場京(芸者「梅香」こと谷村はつの妹)と結婚。
大正十(一九二一)年　31歳
小説「露芝」。8月　長男耕一誕生。11月　現代脚本叢書『雨空』(新潮社)刊。
大正十二(一九二三)年　33歳
関東大震災で全焼し、日暮里渡辺町に転居。芥川龍之介と交際する。
大正十五・昭和元(一九二六)年　36歳
日暮里諏訪神社前に転居。久米正雄とともに東京中央放送局(現・NHK)嘱託となる。
昭和二(一九二七)年　37歳
戯曲「大寺学校」。5月　第一句集『道芝』(籾山書店)刊。7月　芥川龍之介自殺。
昭和九(一九三四)年　44歳

4月　「いとう句会」ができ、参加する。5月　句集『も、ちどり』(文体社)刊。

昭和十(一九三五)年　45歳

戯曲「釣堀にて」。5月　句集『わかれじも』(文体社)刊。11月　妻京、服薬自殺。

昭和十一(一九三六)年　46歳

現・港区三田小山町に転居。8月　句集『ゆきげがは』(双雅房)刊。

昭和十七(一九四二)年　52歳

4月　内閣情報局の依嘱で渡満。5月　『久保田万太郎句集』(三田文学出版部)刊。

昭和二〇(一九四五)年　55歳

現・港区三田綱町転居後二ヶ月で空襲全焼。6月父、8月母死去。鎌倉材木座に転居。

昭和二十一(一九四六)年　56歳

1月　「春燈」創刊主宰。3月　句集『これやこの』(生活社)刊。12月　三田きみと結婚。

昭和二十二(一九四七)年　57歳

12月　句集『春燈抄』(木曜書房)刊。日本芸術院会員。

昭和二十六(一九五一)年　61歳

5―6月　欧州を廻る。6月　自選句集『久保田万太郎集』(現代俳句社)刊。

昭和二十七(一九五二)年　62歳

3月　句集『冬三日月』(創元社)、11月　句集『草の丈』(創元社)刊。

昭和二十八(一九五三)年　63歳

この年、かつての吉原の名妓、大島家の千恵子こと三隅一子と再会。

昭和三十二(一九五七)年　67歳

1月　小説「三の酉」で読売文学賞。2月　耕一死去。赤坂伝馬町三隅一子宅に隠棲。文化勲章を受章。

昭和三十三(一九五八)年　68歳

3月　『久保田万太郎集』(現代俳句文学全集第八巻、角川書店)刊。11月　句集『流寓抄』(文藝春秋新社)刊。

昭和三十五(一九六〇)年　70歳

11月　三隅一子と赤坂福吉町に転居。

昭和三十七(一九六二)年　72歳

5月　戯曲「遅ざくら」。11月　慶應義塾に死後の著作権一切を寄贈。12月　一子、脳出血により死去。

昭和三十八(一九六三)年　73歳

5月6日　梅原龍三郎邸で会食中卒倒。慶應病院にて死去。12月　句集『流寓抄以後』(文藝春秋新社)刊。

＊作成にあたり、「年譜」「単行本刊行目録」（『久保田万太郎全集』第十五巻、一九六八年六月刊）等を参照した。

（恩田侑布子編）

季語索引

（恩田侑布子編）

- 俳句の季語を、四季・新年の五季別に立項し、本書での句番号を示した。それぞれ時候・天文・地理・生活・行事・動物・植物の順に配列した。
- 立項した本題季語と異なる傍題季語が使われている場合は適宜（　）で示した。
- 漢字は新字体を使用し、仮名遣いは旧仮名遣いとした。

春

［時候］

［天文］

秋

［植物］

冬

［時候］

［天文］

[地理]

[生活]

[行事]

初句索引

・初句と句番号を示した。配列は、現代仮名遣いによる五十音順とした。
・初句が同一の複数の句は、第二句まで示した。

あ

す

せ

そ

た

な

【編集附記】

一　本書は、『久保田万太郎全集』(中央公論社刊)第十四・十五巻(一九六七年六月、一九六八年六月)を底本とした。

俳句は、句集『草の丈』『流寓抄』『流寓抄以後』から主に選んだ。小唄、箏曲、散文も収録した。

一　俳句は一句ずつ番号を振り、漢数字で下に示した。

一　「俳句」および「小唄　他」のみ、漢字の旧字体、旧仮名遣いを用いた底本の表記を生かし、その他は新字体、現代仮名遣いに改めた。「散文」は、一部漢字を平仮名に改めた。

一　「歌仙 陽ざかりの巻」と「散文」の初出、発表年月を、各作品末に(　)で示した。

一　一連の句には、前書きで句数を示していることがあるが、今回の採録の句数に変えている。

室戸岬にて(六句)　→　室戸岬にて(二句)

(岩波文庫編集部)

一　句集『草の丈』『流寓抄』に収められていない句から選んで、「草の丈」の後に「「草の丈」時代 拾遺」として三十一句、「流寓抄」の後に「「流寓抄」時代 拾遺」として二十三句を収載した。

一　句集『流寓抄以後』は、著者没後の刊行であるため、同句集に収められていない句からも採録したが、「流寓抄以後」内の適当と判断した製作年の箇所に収めた。

一　一八五、四二九、六三四、七〇四、七六四、八一五番の六句は、句集の掲載句より、初出句の表記が優れていると判断して、初出句を採用した。

一　振り仮名は原著を踏襲した。さらに難読と思われる最低限の語句のみ新たなルビを加えた。

一　「「草の丈」時代 拾遺」の後に、久保田万太郎と釈迢空の連句「歌仙 陽ざかりの巻」を収めた。

(恩田侑布子)

くぼたまんたろうはいくしゅう
久保田万太郎俳句集

2021年9月15日　第1刷発行
2022年11月4日　第4刷発行

編　者　恩田侑布子（おんだゆうこ）

発行者　坂本政謙

発行所　株式会社 岩波書店
〒101-8002 東京都千代田区一ツ橋 2-5-5

案内 03-5210-4000　営業部 03-5210-4111
文庫編集部 03-5210-4051
https://www.iwanami.co.jp/

印刷・三秀舎　カバー・精興社　製本・中永製本

ISBN 978-4-00-310654-9　　Printed in Japan

読書子に寄す

——岩波文庫発刊に際して——

岩波茂雄

真理は万人によって求められることを自ら欲し、芸術は万人によって愛されることを自ら望む。かつては民を愚昧ならしめるために学芸が最も狭き堂宇に閉鎖されたことがあった。今や知識と美とを特権階級の独占より奪い返すことはつねに進取的なる民衆の切実なる要求である。岩波文庫はこの要求に応じそれに励まされて生まれた。それは生命ある不朽の書を少数者の書斎と研究室とより解放して街頭にくまなく立たしめ民衆に伍せしめるであろう。近時大量生産予約出版の流行を見る。その広告宣伝の狂態はしばらくおくも、後代にのこすと誇称する全集がその編集に万全の用意をなしたるか。千古の典籍の翻訳企図に敬虔の態度を欠かざりしか。さらに分売を許さず読者を繋縛して数十冊を強うるがごとき、はたしてその揚言する学芸解放のゆえんなりや。吾人は天下の名士の声に和してこれを推挙するに躊躇するものである。このときにあたって、岩波書店は自己の責務のいよいよ重大なるを思い、従来の方針の徹底を期するため、すでに十数年以前より志して来た計画を慎重審議この際断然実行することにした。吾人は範をかのレクラム文庫にとり、古今東西にわたって文芸・哲学・社会科学・自然科学等種類のいかんを問わず、いやしくも万人の必読すべき真に古典的価値ある書をきわめて簡易なる形式において逐次刊行し、あらゆる人間に須要なる生活向上の資料、生活批判の原理を提供せんと欲する。この文庫は予約出版の方法を排したるがゆえに、読者は自己の欲する時に自己の欲する書物を各個に自由に選択することができる。携帯に便にして価格の低きを最主とするがゆえに、外観を顧みざるも内容に至っては厳選最も力を尽くし、従来の岩波出版物の特色をますます発揮せしめようとする。この計画たるや世間の一時の投機的なるものと異なり、永遠の事業として吾人は微力を傾倒し、あらゆる犠牲を忍んで今後永久に継続発展せしめ、もって文庫の使命を遺憾なく果たさしめることを期する。芸術を愛し知識を求むる士の自ら進んでこの挙に参加し、希望と忠言とを寄せられることは吾人の熱望するところである。その性質上経済的には最も困難多きこの事業にあえて当たらんとする吾人の志を諒として、その達成のため世の読書子とのうるわしき共同を期待する。

昭和二年七月

《日本文学(現代)》〔緑〕

怪談牡丹燈籠　三遊亭円朝
真景累ヶ淵　三遊亭円朝
小説神髄　坪内逍遥
当世書生気質　坪内逍遥
ウィタ・セクスアリス　森鷗外
青年　森鷗外
阿部一族 他二篇　森鷗外
山椒大夫・高瀬舟 他四篇　森鷗外
渋江抽斎　森鷗外
舞姫・うたかたの記 他三篇　森鷗外
鷗外随筆集　千葉俊二編
森鷗外椋鳥通信 全三冊　池内紀編注
浮雲　二葉亭四迷　十川信介校注
野菊の墓 他四篇　伊藤左千夫
吾輩は猫である　夏目漱石
坊っちゃん　夏目漱石

草枕　夏目漱石
虞美人草　夏目漱石
三四郎　夏目漱石
それから　夏目漱石
門　夏目漱石
彼岸過迄　夏目漱石
漱石文芸論集　磯田光一編
行人　夏目漱石
こころ　夏目漱石
硝子戸の中　夏目漱石
道草　夏目漱石
明暗　夏目漱石
思い出す事など 他七篇　夏目漱石
文学評論 全二冊　夏目漱石
夢十夜 他二篇　夏目漱石
漱石文明論集　三好行雄編
倫敦塔・幻影の盾 他五篇　夏目漱石

漱石日記　平岡敏夫編
漱石書簡集　三好行雄編
漱石俳句集　坪内稔典編
漱石・子規往復書簡集　和田茂樹編
文学論 全二冊　夏目漱石
坑夫　夏目漱石
漱石紀行文集　藤井淑禎編
二百十日・野分　夏目漱石
五重塔　幸田露伴
努力論　幸田露伴
渋沢栄一伝　幸田露伴
子規句集　高浜虚子選
病牀六尺　正岡子規
子規歌集　土屋文明編
墨汁一滴　正岡子規
仰臥漫録　正岡子規
歌よみに与ふる書　正岡子規

獺祭書屋俳話・芭蕉雑談　正岡子規
子規紀行文集　復本一郎編
金色夜叉 全二冊　尾崎紅葉
二人比丘尼 色懺悔　尾崎紅葉
不如帰　徳冨蘆花
謀叛論 他六篇 日記　徳冨健次郎 中野好夫編
武蔵野　国木田独歩
愛弟通信　国木田独歩
運命　国木田独歩
蒲団・一兵卒　田山花袋
田舎教師　田山花袋
一兵卒の銃殺　田山花袋
縮図　徳田秋声
あらくれ・新世帯　徳田秋声
藤村詩抄　島崎藤村自選
破戒　島崎藤村
春　島崎藤村

千曲川のスケッチ　島崎藤村
桜の実の熟する時　島崎藤村
新生 全二冊　島崎藤村
夜明け前 全四冊　島崎藤村
藤村文明論集　十川信介編
生ひ立ちの記 他一篇　島崎藤村
にごりえ・たけくらべ　樋口一葉
大つごもり・十三夜 他五篇　樋口一葉
修禅寺物語 正雪の二代目 他四篇　岡本綺堂
高野聖・眉かくしの霊　泉鏡花
歌行燈　泉鏡花
夜叉ケ池・天守物語　泉鏡花
草迷宮　泉鏡花
春昼・春昼後刻　泉鏡花
鏡花短篇集　川村二郎編
日本橋　泉鏡花
外科室・海城発電 他五篇　泉鏡花

湯島詣 他一篇　泉鏡花
鏡花随筆集　吉田昌志編
化鳥・三尺角 他六篇　泉鏡花
鏡花紀行文集　田中励儀編
俳句はかく解しかく味う　高浜虚子
回想 子規・漱石　高浜虚子
有明詩抄　蒲原有明
上田敏全訳詩集　山内義雄 矢野峰人編
宣言　有島武郎
一房の葡萄 他四篇　有島武郎
寺田寅彦随筆集 全五冊　小宮豊隆編
柿の種　寺田寅彦
与謝野晶子歌集　与謝野晶子自選
与謝野晶子評論集　鹿野政直 香内信子編
私の生い立ち　与謝野晶子
入江のほとり 他一篇　正宗白鳥
つゆのあとさき　永井荷風

岩波文庫の最新刊

藤井悦子編訳
シェフチェンコ詩集

理不尽な民族的抑圧への怒りと嘆きをうたい、ウクライナの国民的詩人と呼ばれるタラス・シェフチェンコ(一八一四―六一)。流刑の原因となった詩集から十篇を精選。
〔赤N七七二―一〕 定価八五八円

チャールズ・ラム著/南條竹則編訳
エリア随筆抄

英国随筆の古典的名品と謳われるラム(一七七五―一八三四)の『エリア随筆』。その正・続篇から十八篇を厳選し、詳しい訳註を付した。(解題・訳註・解説=藤巻明)
〔赤二二三―四〕 定価一〇一二円

ヴィンケルマン著/田邊玲子訳
ギリシア芸術模倣論

芸術の真髄を「高貴なる単純と静謐なる偉大」に見出し、精神的なものの表現に重きを置いた。近代思想に多大な影響を与えた名著。
〔青五八六―一〕 定価一三二〇円

岸本尚毅編
室生犀星俳句集

室生犀星(一八八九―一九六二)の俳句は、自然への細やかな情愛、人情の機微に満ちている。気鋭の編者が八百数十句を精選した。犀星の俳論、室生朝子の随想も収載。
〔緑六六―五〕 定価七〇四円

……今月の重版再開……

原卓也訳
プラトーノフ作品集

定価一〇一二円
〔赤六四六―一〕

A・ハミルトン、J・ジェイ、J・マディソン著/斎藤 眞、中野勝郎訳
ザ・フェデラリスト

定価一一七七円
〔白二四―一〕

定価は消費税10%込です

2022.10